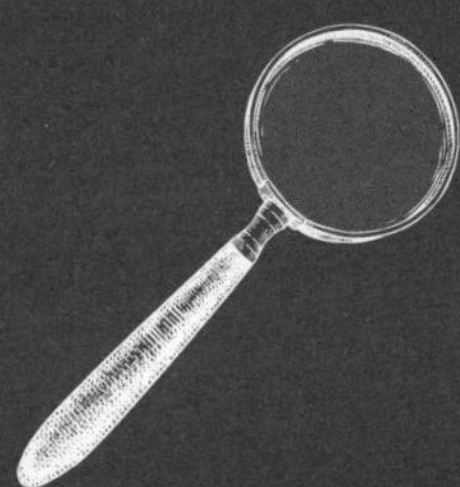

PHILIP KIEFER

Krimi-Logikrätsel

DIE GROSSEN DETEKTIVE

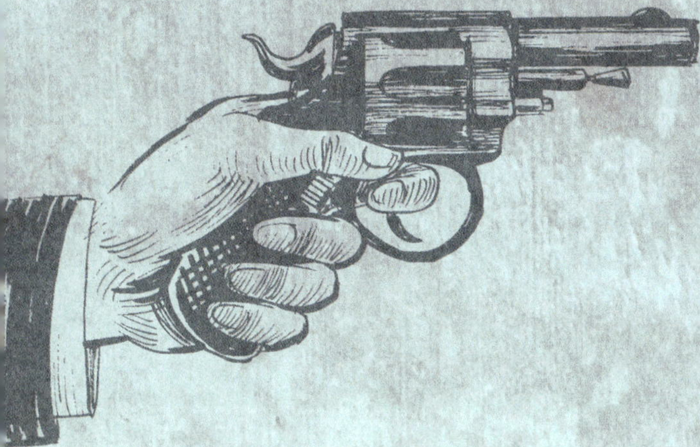

Inhalt

Krimi-Rätselspaß mit Miss Marple & Co.

Sie sind stets ganz Ohr und haben ein Auge für die schönen Dinge? Nun, beides benötigen Sie hier nicht! Gefragt ist in diesem Buch Ihr guter Riecher. Begleiten Sie die großen Detektive der Literatur- und Fernsehwelt bei ihren neuen spannenden Fällen. Schauen Sie der stets strickenden Hobbyermittlerin Miss Marple genauso über die Schulter wie dem gelassenen Pariser Kommissar Jules Maigret. Begleiten Sie Meisterdetektiv Sherlock Holmes, den typisch britischen Aristokraten Lord Peter Wimsey, den amerikanischen Privatschnüffler Philip Marlowe sowie zahlreiche weitere berühmte Figuren der Krimiwelt.

Dieses Buch ist eine Hommage an die größten Detektive aller Zeiten. Erleben Sie deren mörderisch spannende Abenteuer hautnah mit und helfen Sie ihnen bei der Lösung ihrer Fälle. Sie sind Teil der Story und lösen knifflige Logikrätsel dazu. Ein Quiz zur jeweiligen Detektivfigur weckt wohlige Erinnerungen an gemütliche Lese- oder Fernsehabende voller Hochspannung. Zusätzliche Sachinfos erweitern Ihren Wissensschatz.

Und noch eine gute Nachricht: Sie benötigen weder Strickzeug wie Miss Marple noch eine Tabakpfeife wie Holmes oder Maigret. Viel Grips sowie ein Stift zum Lösen mancher Logikrätsel genügen vollauf. Aber nun … oh, hören Sie das? Hat da nicht jemand ganz laut um Hilfe geschrien? Sicherlich ist schon wieder ein grausamer Mord geschehen. Legen Sie los, Ihre famose Kombinationsfähigkeit ist gefragt!

Wir wünschen Ihnen ein entspanntes Lese- und Ratevergnügen und eine Menge Gehirnschmalz, mit dem Sie Ihre Lieblinge aus der Krimiwelt hilfreich unterstützen werden!

MISS MARPLE

Mit Strickmuster und Scharfsinn: Miss Marple auf Verbrecherjagd

Miss Marple, vollständiger Name Miss Jane Marple, ist eine frei erfundene Figur in einer Reihe von Kriminalromanen und Kurzgeschichten von der englischen Autorin Agatha Christie. Die „alte Dame“ aus dem fiktiven Dorf St. Mary Mead ist für ihre außergewöhnlichen Fähigkeiten bei der Aufklärung von Verbrechen bekannt und wird oft unterschätzt, da sie auf den ersten Blick wie eine durchschnittliche, harmlose alte Frau erscheint.

Die Figur Miss Marple kommt in zwölf Romanen und zwanzig Kurzgeschichten von Agatha Christie vor. Sie wurde erstmals 1927 in der Kurzgeschichte „The Tuesday Night Club“ („Der Dienstagabend-Klub“) vorgestellt, die später auch im Jahr 1932 in dem Sammelband „The Thirteen Problems“ veröffentlicht wurde.

Miss Marple löst ihre Fälle mithilfe ihrer scharfsinnigen Beobachtungsgabe und beeindruckenden Menschenkenntnis, die sie durch ihre langjährige Erfahrung im Dorfleben gewonnen hat. Sie gelangt oft zu ihren Schlüssen durch Parallelen zu den Menschen und

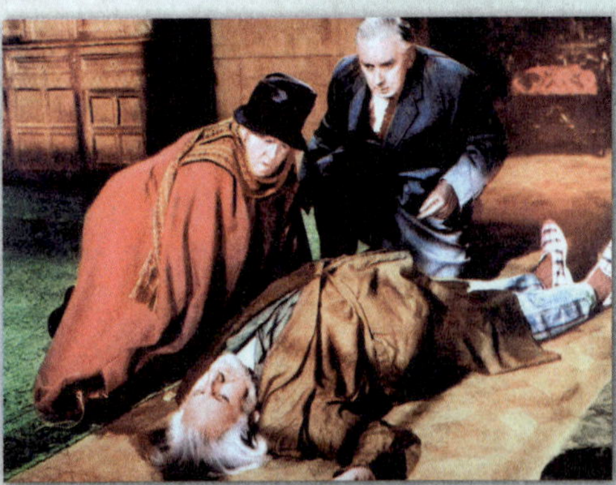

Ereignissen, die sie aus ihrer Dorfgemeinschaft kennt. Mit ihrem oft zitierten Grundsatz, dass sich menschliches Fehlverhalten überall gleich darstellt, egal ob auf dem Land oder in der Großstadt, hat sie schon so manchen Kriminalfall gelöst.

Über die Jahre hinweg wurde Miss Marple in zahlreichen Film- und Fernsehadaptionen von verschiedenen Schauspielerinnen dargestellt. Schauspielerinnen, die besonders hervorstechen, sind Margaret Rutherford, die die Rolle in den 1960er-Jahren in mehreren Filmen spielte, und Joan Hickson, deren Darstellung in der BBC-Serie in den 1980er- und 1990er-Jahren von Christies Familie als die vorlagentreueste bis heute gilt.

Trotz ihres Alters und ihrer unauffälligen Erscheinung, ist Miss Marple eine kraftvolle Figur, die Beweis dafür ist, dass man ein Verbrechen aufklären kann, ohne körperliche Gewalt oder sogar ein offizielles Abzeichen zu benötigen. Sie bleibt eine der beliebtesten und am häufigsten adaptierten Charaktere in der Kriminalliteratur.

WISSENSQUIZ

1. Wie heißt der Heimatort von Miss Marple in den Romanen von Agatha Christie?

A St. Mary Mead

B Chipping Cleghorn

C London

D Castle Combe

2. Was ist Miss Marples übliches Hobby?

A Gärtnern

B Musizieren

C Malen

D Stricken

3. Wie viele Geschichten und Romane hat Agatha Christie mit Miss Marple als Hauptfigur geschrieben?

A 10 Romane und 15 Kurzgeschichten

B 12 Romane und 20 Kurzgeschichten

C 15 Romane und 25 Kurzgeschichten

D 20 Romane und 30 Kurzgeschichten

4. Wie heißt der erste Roman, in dem Miss Marple als Hauptfigur auftaucht?

A „Die Tote in der Bibliothek“

B „Mord im Pfarrhaus“

C „Die Schattenhand“

D „Ein Mord wird angekündigt“

5. Wie heißt der ständige Begleiter von Miss Marple in den Filmen mit Margaret Rutherford?

A Mr. String

B Mr. Strang

C Mr. Stringer

D Mr. Stranger

6. Wer ist der Neffe von Miss Marple, der in vielen Geschichten auftaucht?

A Edward North

B David South

C George East

D Raymond West

7. Wer ist der Kriminalbeamte in den Miss-Marple-Verfilmungen mit Margaret Rutherford, der oft mit ihr zusammenarbeiten muss?

- **A** Inspektor Japp
- **B** Inspektor Craddock
- **C** Inspektor Poirot
- **D** Inspektor Hastings

8. In welchem Alter erscheint Miss Marple erstmals in den Romanen?

- **A** Sie ist eine junge Erwachsene
- **B** Sie ist in ihren Vierzigern
- **C** Sie ist bereits eine ältere Dame
- **D** Ihr Alter bleibt in allen Romanen stets gleich

9. Welche Schauspielerin spielte Miss Marple in der in den Jahren 1984 bis 1992 produzierten TV-Serie der BBC?

- **A** Helen Mirren
- **B** Joan Hickson
- **C** Judi Dench
- **D** Margaret Rutherford

10. Was ist Miss Marples beruflicher Hintergrund?

- **A** Sie ist eine ehemalige Lehrerin
- **B** Sie ist eine pensionierte Krankenschwester
- **C** Sie hat nie gearbeitet
- **D** Sie ist eine ehemalige Detektivin

Miss Marple und das Geheimnis des Herrenhauses

Ein Schuss am Nachmittag

Die Nachmittagssonne strahlt hell über dem eleganten Herrenhaus in Maplewood. Doch plötzlich durchbricht ein Schuss das friedliche Spätsommeridyll. Die Haushälterin Mrs. Johnson eilt sofort in die Richtung, aus der der Schuss kam und entdeckt den leblosen Körper des Hausherrn Mr. Jeremy Baxter. Eine abgefeuerte Pistole liegt in Reichweite seiner rechten Hand. Milton, der Butler, ruft sofort Scotland Yard, und nur wenige Stunden später ist Polizeiinspektor McDonald mit einigen seiner Leute vor Ort, um den Fall zu untersuchen. War es Selbstmord oder Mord?

Inspektor McDonald steht vor einem Rätsel. Wie gut, dass Miss Marple zu Besuch in der Kleinstadt ist. Mr. Jim Stringer, der stets beflissene Bibliothekar und ein alter Freund Miss Marples, hatte sie dazu überredet, einige Tage in einem kleinen, aber kuscheligen Gästezimmer zu verbringen. Als Mr. Stringer vom Tod des Mr. Baxter hört, klopft er sofort bei Miss Marple an und teilt ihr mit, was er weiß. Mit ihrer unverwechselbar sanften Stimme sagt sie: »Oh, Mr. Stringer, ich war gerade dabei, meine neuen Stricknadeln auszuprobieren. Aber ich denke, wir können uns eine kleine Pause gönnen, um nach dem Rechten zu sehen. Ein wenig Aufregung ist recht gesund.«

Miss Marple und Mr. Stringer gelangen zum Herrenhaus. Doch mehrere Wachtmeister achten darauf, dass kein Unbefugter es betritt. Durch welche Tür können die beiden dennoch eintreten? Es ist die Tür, die jeden Buchstaben des Namens BAXTER genau vier Mal enthält.

A

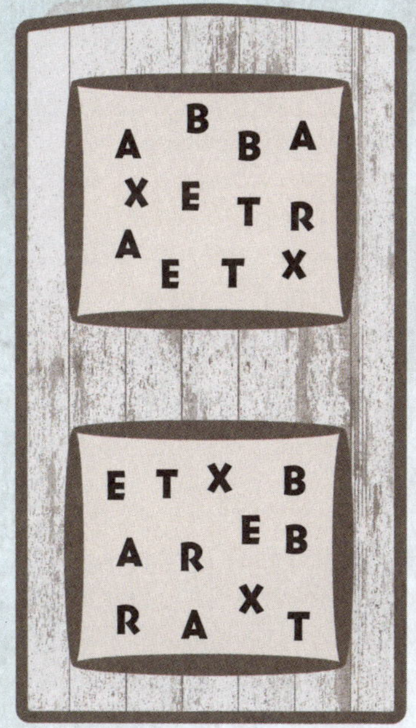
A B B A
X E T R
A E T X
E T X B
A R E B
R A X T

B

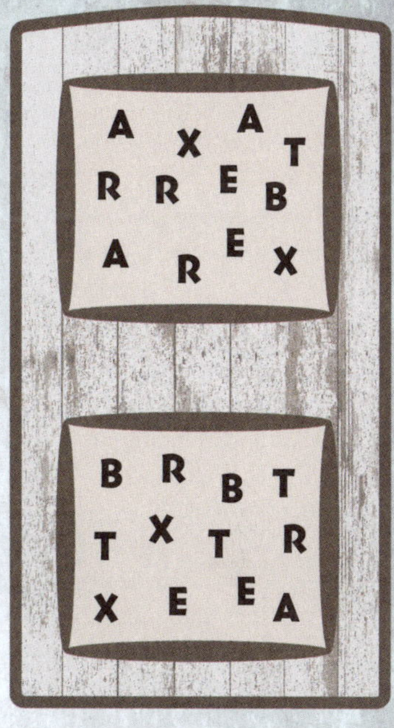
A X A T
R R E B
A R E X
B R B T
T X T R
X E E A

C

B R A
X T R
T E B
R A X
X E E
E A R T B
T B X A

Die Suche nach der Bibliothek

Nachdem Miss Marple und Mr. Stringer das Herrenhaus betreten haben, blickt sich Miss Marple sofort vorsichtig um. Dann sagt sie leise zu ihrem Gefährten: »Sehr gut, Mr. Stringer. Der Inspektor befragt gerade die Angestellten des Hauses im Salon. Schleichen wir uns zum Tatort, den ich nur zu gern ungestört inspizieren möchte. In der Bibliothek sei der Mord geschehen, sagten Sie?« Mr. Stringer erwidert verblüfft: »Tatort? Mord? Oh nein, ich habe nur vom Tod Mr. Baxters gesprochen!« Miss Marple antwortet darauf nichts, sondern geht bereits forschen Schrittes voran.

Wo im Haus befindet sich die Bibliothek? Jede Zahl repräsentiert einen rechteckigen Raum. Die Zahlen geben jeweils an, wie viele Felder der Raum umfasst. Die Bibliothek trägt die Nummer 12, der Salon die Nummer 16. Zeichnen Sie die Wände aller Räume in das Raster ein, damit Miss Marple und Mr. Stringer nicht versehentlich den Salon betreten, in dem sich der Inspektor befindet.

				12			3
					8		
				5			
	16					15	
							5

Eine Frage der Ordnung

Miss Marple und Mr. Stringer haben die Bibliothek betreten. »Nun schauen Sie sich das mal an!« Mit diesen Worten deutet Miss Marple auf ein Foto von Mr. Baxter, auf dem er mit der linken Hand einen Vertrag unterzeichnet und mit der rechten freundlich in die Kamera winkt. Dann weist sie über einen großen Blutfleck hinweg auf ein vollbeladenes Bücherregal. Mr. Stringer schaut ebenfalls hin: »Ich kann überhaupt nichts Besonderes an dem Regal finden.« »Sehen Sie denn nicht, dass die Bücher in dem Regal durcheinandergebracht wurden?«, meint Miss Marple. »Wenn Sie sich anderweitig umblicken, stellen Sie fest, dass Mr. Baxter ein sehr penibler Mann gewesen sein muss. Niemals hätte ein Mann wie er seine Bücher in einem solchen Durcheinander hinterlassen.«

Miss Marple schließt daraus, dass der Mörder nach etwas gesucht hat. Aber nach was? Und warum? Miss Marple ist sich nun ganz sicher, dass es Mord war. Doch gerade als sie Mr. Stringer von ihrem Verdacht berichten möchte, betritt Inspektor McDonald die Bibliothek. Er erstarrt für einen Moment, aber dann erkennt er, wen er vor sich hat: »Miss Marple! Darf ich fragen, was Sie hier zu suchen haben?«

Miss Marple entgegnet harmlos: »Oh, wir wollten hier nur unser persönliches Beileid aussprechen, da wir vom Tod Mr. Baxters vernommen haben. Wie ist denn der Stand Ihrer Ermittlungen?« Darauf erwidert der Inspektor: »Es war wohl Selbstmord. Die Waffe war aus Mr. Baxters eigenem Besitz. Und für einen Mord gibt es keinerlei Hinweise.« Miss Marple möchte Inspektor McDonald vom Gegenteil überzeugen. Aber wie?

Welches Indiz teilt Miss Marple dem Inspektor mit, das darauf hindeutet, dass Mr. Baxter keineswegs Selbstmord begangen hat? Liegt die Lösung nicht auf der Hand?

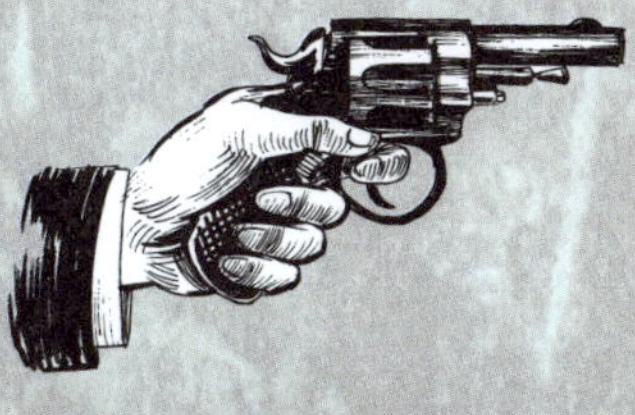

Initialzündung

Nach Miss Marples Entdeckung erkennt Inspektor McDonald an, dass es sich wohl doch um einen Mord handelt. Über die Unordnung im Bücherregal schweigt sich die Hobbydetektivin allerdings aus. Miss Marple bittet Miss Elisa Connelly, die Nichte und Haupterbin Mr. Baxters, um einige Bücher für einen Wohltätigkeitsbasar. Sie erhält die Erlaubnis, sich in der Bibliothek einige Werke dafür auszusuchen.

Miss Marple reibt sich vergnügt die Hände und bittet Mr. Stringer, ihr bei der Durchsicht der Bücher zu helfen. Der Inspektor hat nichts dagegen einzuwenden. »Wir fangen bei diesem Bücherregal an, das der Mörder noch nicht durcheinandergebracht hat«, bestimmt Miss Marple. Sie ergänzt: »Es ist genau wie beim Stricken, Mr. Stringer, jeder Faden muss an seinen Platz, damit das Muster Gestalt annimmt.«

Einige Stunden später klagt Mr. Stringer müde: »Nichts, Miss Marple! Es sind einfach Bücher, wie sie in jeder Bibliothek stehen.« Doch Miss Marple hat plötzlich eine Eingebung und ruft erfreut: »Auch ein schöner Rücken kann entzücken! Alle Buchrücken sind mit den Initialen von Mr. Jeremy Baxter markiert. Aber die Markierung auf diesem Buch unterscheidet sich ganz leicht von den anderen. Ich glaube, Mr. Stringer, wir halten das Buch in Händen, das der Mörder gesucht hat.«

Sie sehen hier fünf Buchrücken. Welche Markierung unterscheidet sich von den anderen vieren?

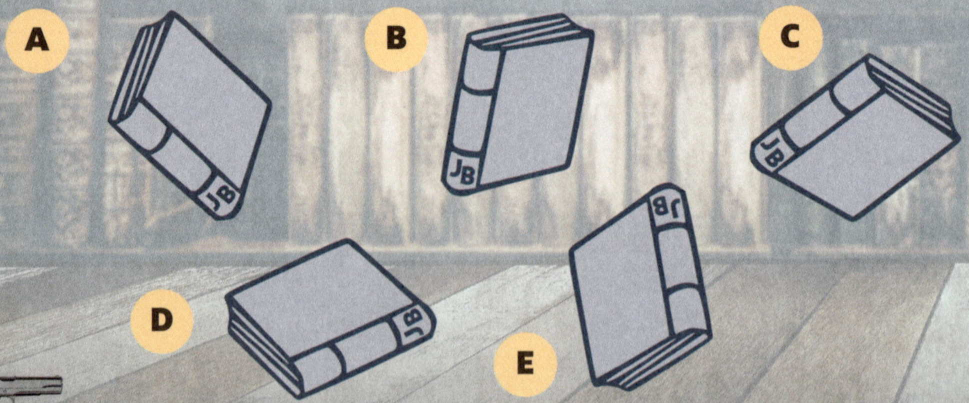

Auf das Schlüsselchen geschlossen

Miss Marple gibt wie üblich den Ton an: »Dann wollen wir uns dieses Buch einmal genauer ansehen, Mr. Stringer. Ein Werk von Thomas Hardy, den Sie als Bibliothekar sicherlich zu schätzen wissen.« Mr. Stringer setzt zur Antwort an: »Ja, ich …« Aber Miss Marple unterbricht ihn: »Der Text ist bei diesem Buch aber ausnahmsweise nicht entscheidend. Es hat noch einen anderen Inhalt, da bin ich mir ganz sicher. Lassen Sie mich mal sehen … Da, ich hatte recht! Unter den Buchrücken wurde ein kleines Schlüsselchen geklebt. Doch wo ist das passende Schloss dazu?«

In der Bibliothek stehen mehrere Möbelstücke mit einem Schloss: zwei Schränkchen und ein Sekretär. Leider passt der Schlüssel nicht in die Schlösser. Unter einem Gemälde entdecken Miss Marple und Mr. Stringer nach einigem Suchen einen Tresor, aber auch dort passt der Schlüssel nicht.

Nun setzt sich Miss Marple an den Schreibtisch und denkt nach. Das Schlüsselchen rutscht ihr aus der Hand und fällt unter den Schreibtisch. Als sich Miss Marple nach dem Schüsselchen bückt, ruft sie Mr. Stringer verzückt zu: »Ein Geheimfach! Ich glaube, lieber Mr. Stringer, wir haben das Schloss gefunden, in das unser Schlüsselchen passt.«

Was könnte sich in dem Geheimfach befinden? Um hineinschauen zu können, zeichnen Sie durch 14 Felder waagerecht und senkrecht eine durchgehende Linie von links oben nach rechts unten – und zwar so, dass die Linie die Zahlen 1 bis 14 genau einmal enthält.

1	10	9	3
11	3	7	2
5	4	12	7
3	2	13	5
2	10	8	6
10	8	6	8
8	13	1	14

Mr. Baxters Geheimnis

»Ein Tagebuch! Dieses Tagebuch, Mr. Stringer, könnte uns zum Mörder führen, aber wir müssen es mit sehr viel Respekt behandeln. Schließlich enthält es die privatesten Gedanken eines Menschen.« Mr. Stringer stimmt Miss Marple zu. Diese öffnet das Tagebuch neugierig und beginnt darin zu lesen. Dann fällt der Groschen. »Erpressung!«, sagt Miss Marple. »Mr. Baxter hat einen Geschäftspartner erpresst, dem er bei krummen Geschäften auf die Schliche gekommen war. Er berichtet auch, dass er von dem Erpressten zuletzt bedroht wurde. Ich würde meinen alten Hut darauf verwetten, dass der Erpresste der Mörder ist, den wir suchen.« »Nein, danke«, erwidert Mr. Stringer, »Ihren Hut können Sie gern behalten. Aber wie lautet denn der Name des Erpressten?« »Tja, laut Tagebuch lautet der Name Dncemyqqf.« »Dncemyqqf?«, fragt verwundert Mr. Stringer. »Aber das ist doch kein Name.« Miss Marple antwortet: »Ganz richtig, Mr. Stringer. Dessen richtiger Name wurde von Mr. Baxter verschlüsselt. Denken Sie doch einmal zwei Buchstaben nach vorn!«

Der Erpresste und mutmaßliche Mörder Mr. Baxters heißt nicht Dncemyqqf, sondern ...

D n c e m y q q f

____

Die Spuren im Gras

Miss Marple teilt ihre Erkenntnisse sofort mit Inspektor McDonald. Dieser sieht sie überrascht an und fragt: »Wie haben Sie das herausgefunden, Miss Marple? Das war genau das, was wir vermutet hatten, aber wir konnten es nicht beweisen.« Miss Marple lächelt und antwortet ihm: »Ach, es ist wie beim Stricken, Inspektor. Einfach den Faden aufnehmen und weiterverfolgen.« Der Inspektor gestattet Miss Marple, beim Verhör von Mr. Blackwood dabei zu sein. Doch dieser hat inzwischen mit einem Koffer voller Geldscheine längst das Weite gesucht.

Der Inspektor möchte Blackwood zur Fahndung ausschreiben. Aber Miss Marple entdeckt eine Spur und vermutet: »Der Mörder versteckt sich hier in der näheren Umgebung und ist wohl noch nicht sehr weit gekommen. Sehen Sie nicht, dass an dieser Stelle das Gras heruntergedrückt ist? Wir müssen nur diesen frischen Spuren im Gras folgen, um Mr. Blackwood zu finden.«

Helfen Sie Miss Marple und dem Inspektor bei der Suche nach Mr. Blackwood. Wo lässt sich der Name Blackwood in der richtigen Reihenfolge lesen?

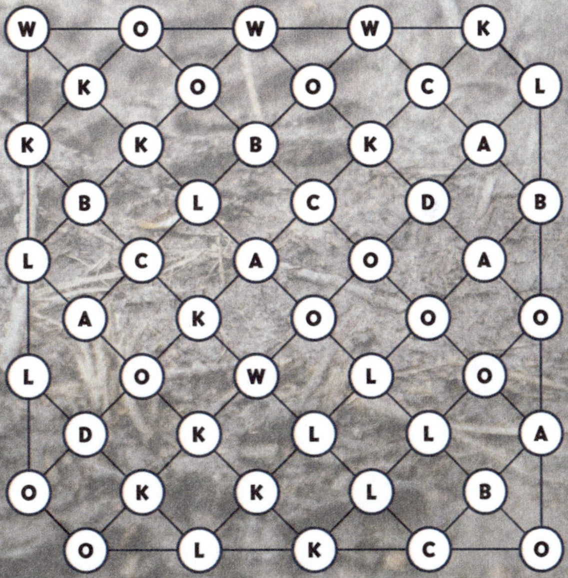

Verheddert und gestrickt

Mr. Blackwood kann aufgespürt und von Inspektor McDonald festgenommen werden. Er verheddert sich in Widersprüchen und gesteht schließlich den feigen Mord an Mr. Baxter.

Wieder hat Miss Marple zur Lösung eines Kriminalfalls beigetragen. Inspektor McDonald ist darüber äußerst erfreut. Auf ihre unverwechselbare Art und Weise verabschiedet sie sich von ihm mit einem Lächeln: »Inspektor, nachdem dieses Strickmuster offenbart wurde, ist es an der Zeit, nun mein eigenes fertigzustellen.«

An diesem Abend strickt Miss Marple mit einem Gefühl der Zufriedenheit, während Mr. Stringer in Ruhe einige seiner neu erworbenen Bücher sortiert. Es ist ein weiterer ruhiger Abend in Maplewood, befreit vom Schatten des Verbrechens dank der Scharfsinnigkeit von Miss Marple.

SHERLOCK HOLMES

Sherlock Holmes: Der Meisterdetektiv, den alle lieben!

Sherlock Holmes ist sicherlich die berühmteste Detektivfigur der Literaturgeschichte. Die unverkennbare Figur mit der Deerstalker-Mütze und der Pfeife wurde vom britischen Schriftsteller Sir Arthur Conan Doyle erschaffen. Er wollte einen Charakter erschaffen, der anders als andere Detektive statt auf Intuition auf wissenschaftliche Methoden setzt. Sherlock Holmes debütierte 1887 in dem Abenteuer „A Study in Scarlet" („Eine Studie in Scharlachrot"). Dies war der erste von vier Romanen und 56 Kurzgeschichten, in denen Holmes und sein treuer Freund und Chronist Dr. John H. Watson auftreten.

Sherlock Holmes lebt in der berühmten Adresse 221B Baker Street, London, einem Ort, der seitdem zu einem Museum und einer Touristenattraktion geworden ist. Im Zentrum aller Sherlock-Holmes-Geschichten steht die Detektivarbeit. Holmes ist bekannt für seine detailgenaue Beobachtungsgabe, seine forensischen Arbeitsmethoden und sein analytisch-rationales Denken. Auch die kompliziertesten Fälle löst er allein durch deduktive Schlussfolgerungen.

Holmes ist ein talentierter Geigenspieler. Dieses Detail wird oft in Film- und Fernsehadaptionen übersehen, ist aber ein fester Bestandteil seines Charakters in den Büchern. Der sogenannte Deerstalker-Hut, den Holmes in vielen Darstellungen trägt, stammt aus den Illustrationen der Originalgeschichten und wird in den Texten selbst nie erwähnt.

Als erfolgreichster und vielleicht bester Darsteller der Figur gilt Basil Rathbone, zumindest prägte er sie für Jahrzehnte. Er und Nigel Bruce spielten Holmes und Watson in einer Reihe von vierzehn Filmen, die zwischen 1939 und 1946 gedreht wurden. Die Pfeife, die Rathbone als Holmes rauchte, war eine gebogene Variante, die speziell ausgewählt wurde, um sein Gesicht für die Kamera frei zu halten. 1959 spielte Peter Cushing Holmes in der ersten Farbfassung von „The Hound of the Baskervilles“, den er 1968 in der zweiten Staffel der BBC-Serie „Sherlock Holmes“ mit Nigel Stock als Dr. Watson erneut verkörperte. Von 2010 bis 2017 wurde die britische Fernsehserie „Sherlock“ mit Benedict Cumberbatch veröffentlicht. Robert Downey Jr. und Jude Law spielten Sherlock und Watson in den beiden Filmen von 2009 und 2011.

Insgesamt wurde Sherlock Holmes in über 200 Filmen dargestellt und ist damit die am häufigsten verfilmte fiktive Figur in der Geschichte, eine klare Bestätigung seiner anhaltenden Beliebtheit und seines kulturellen Einflusses.

WISSENSQUIZ

1. Wer ist der Autor der Sherlock-Holmes-Geschichten?

A Robert Louis Stevenson
B Arthur Conan Doyle
C Raymond Chandler
D Henry Rider Haggard

2. Wo wohnt Sherlock Holmes?

A Baker Street 221B
B Privet Drive Nr. 4
C Pemberley
D Wuthering Heights

3. Wie heißt die Vermieterin und Haushälterin von Sherlock Holmes und Dr. Watson?

A Miss Havisham
B Miss Marple
C Mrs. Bennet
D Mrs. Hudson

4. Welches Musikinstrument spielt Sherlock Holmes?

A Klavier
B Violine
C Flöte
D Cello

5. Wer ist der Erzfeind von Sherlock Holmes?

A Dr. Strange
B Lord Voldemort
C Dr. Moriarty
D Dr. Jekyll

6. Was ist Dr. Watsons Beruf?

A Anwalt
B Arzt
C Polizist
D Journalist

7. Welcher Inspektor ermittelt oftmals in den Fällen von Sherlock Holmes?

A Inspector Gadget
B Inspektor Morse
C Inspector Lestrade
D Inspektor Clouseau

8. Wie viele Filme drehten Basil Rathbone und Nigel Bruce gemeinsam als Sherlock Holmes und Dr. Watson?

A Acht
B Zehn
C Vierzehn
D Sechzehn

9. Wer spielte Sherlock Holmes in der BBC-Serie „Sherlock" von 2010 bis 2017?

A Benedict Cumberbatch
B Martin Freeman
C Robert Downey Jr.
D Jude Law

10. Wer übernahm die Rolle des Dr. Watson in den beiden Sherlock-Holmes-Filmen von 2009 und 2011 mit Robert Downey Jr. als Holmes?

A Nigel Bruce
B Martin Freeman
C Jude Law
D Edward Hardwicke

Das Geheimnis der Kronjuwelen

Ein mysteriöser Diebstahl

Es ist ein kalter und nebliger Morgen in London. Vor gut einer Stunde bin ich mit dem Nachtzug von einem Verwandtenbesuch zurückgekehrt und befinde mich nun, recht müde, auf dem Weg zur Baker Street 221B, wo ich mir mit meinem Freund Sherlock Holmes eine Wohnung teile. Ich bin Dr. John Watson, treuer Begleiter und Chronist des berühmten Meisterdetektivs.

Als ich gähnend und mit letzter Kraft die Treppe hinaufsteige, vernehme ich das Violinspiel meines Freundes. Doch plötzlich bricht das Spiel ab, und noch bevor ich die Wohnung betrete, ruft Holmes: »Willkommen zurück, Watson!«

Nun, da ich eintrete, streckt er mir die Zeitung entgegen und fragt mich: »Haben Sie es schon gelesen, Watson? Die Kronjuwelen sind verschwunden.« Trotz meiner Müdigkeit ist mein Interesse sofort geweckt. Die Zeitung von heute Morgen hatte ich bisher nicht zu Gesicht bekommen. Holmes führt aus: »Die Kronjuwelen wurden gestern Abend aus dem Tower von London gestohlen. Der Täter scheint unglaublich geschickt gewesen zu sein, denn es gibt keinerlei Spuren oder Hinweise auf seine Identität.«

»Oha«, antworte ich, meine Müdigkeit wegschiebend, »das klingt nach einem Fall für den berühmten Sherlock Holmes.« Mein Freund lacht und erwidert: »Und den zwar müden, aber beinahe ebenso berühmten Dr. Watson.«

Dr. Watson ist nach seiner Reise müde und zerstreut. Wirken Sie dabei mit, dass er zu klaren Sinnen gelangt und dem großen Sherlock Holmes eine echte Hilfe ist. Dazu tragen Sie die Buchstaben des Namens WATSON so ein, dass sie sich in jeder Reihe, in jeder Spalte und in jedem Bereich aus sechs Feldern genau einmal finden lassen.

	T	N		A	
W	S				
T					N
				W	
	W			T	
	O		A		

Auf dem Weg zum Tower

Wie Holmes es bereits erwartet hatte, betritt wenig später der Innenminister unsere Stube und erbittet Hilfe bei der Klärung des Falles. Holmes tritt ans Fenster und blickt hinaus auf die Baker Street, die sich langsam mit Leben füllt. Dann sagt er: »Wir werden uns sofort zum Tower von London begeben und mit unseren Nachforschungen beginnen.« Mit »Wir« schließt er natürlich mich, den müden Watson, ein. Doch bei so einem staatstragenden Fall regt sich bei mir kein Widerspruch.

Auf dem Weg zum Tower diskutieren Holmes und ich mögliche Motive für den Diebstahl. »Es könnte sich um einen politischen Akt handeln«, mutmaße ich. »Oder vielleicht steckt eine Bande von Juwelendieben dahinter.«

Holmes schüttelt den Kopf. »Nein, Watson, das ist zu einfach gedacht. Der Diebstahl der Kronjuwelen ist zwar das Werk eines Meisterdiebs, der sich bestens mit den Sicherheitsvorkehrungen des Towers auskennt. Aber warum er sie gestohlen hat, liegt völlig im Dunkeln. Wir werden sehen, Watson, wir werden sehen.«

Begeben Sie sich gemeinsam mit Sherlock Holmes und Dr. Watson zum Tower von London. Entdecken Sie das aus dem 11. Jahrhundert stammende Bauwerk in diesem Panoramabild?

Eine erste Spur

Im Tower von London werden wir von Chefinspektor Lazey empfangen und zum Tatort geführt: einem rundum abgesicherten Raum mit leeren Vitrinen, in denen zuvor die Kronjuwelen aufbewahrt worden waren. Lazey meint: »Wir können es uns einfach nicht erklären! Dieser Raum wurde rund um die Uhr bewacht. Niemand konnte unbemerkt hinein oder hinaus gelangen. Dennoch waren die Kronjuwelen bei der abendlichen Inspektionsrunde der beiden Nachtwächter nicht mehr da.« »Eigenartig«, erwidert Holmes, »wirklich höchst eigenartig!«

Der Chefinspektor lässt Holmes und mich allein. Mein Freund begibt sich sofort auf Spurensuche. Er klopft gegen die Mauern, prüft das Glas der Vitrinen, kriecht am Boden herum. Plötzlich ruft er aus: »Sehen Sie mal, Watson, was da zwischen zwei Dielen am Fußboden geklemmt ist!« Mit diesen Worten streckt er eine Hand nach oben, in der sich ein kleiner Zettel befindet.

Holmes richtet sich auf und liest vor, was auf dem Zettel steht: »Die Krone kehrt zurück zu ihrem rechtmäßigen Besitzer.« Ich vermute: »Das klingt nach einer Art Geheimbund, nicht wahr? Jemand möchte König anstelle unserer ehrwürdigen Queen Victoria werden.« Holmes schüttelt mit dem Kopf und murmelt: »Zumindest scheint es, als hätte uns der Dieb eine Botschaft hinterlassen wollen.«

Die Kronjuwelen sind auf mysteriöse Weise verschwunden. Doch nun gilt es, einige verbliebene Edelsteine zu finden. In jeder Reihe und in jeder Spalte befindet sich genau ein Edelstein. Außerdem befindet sich in jeder Reihe und Spalte eine unbestimmte Anzahl von Kieselsteinen. Füllen Sie die Felder so, dass die Zahlen an den Rändern angeben, wie viele Steine aus dieser Richtung bis zu einem Edelstein gezählt werden können, wobei der Edelstein mitgezählt wird.

	3	2	3	1	3	
3						2
1						4
2						2
3						1
1						4
	1	3	1	4	2	

Die beiden Nachtwächter

»Sie, Mr. Jones, waren einer der beiden Nachtwächter, die gestern Abend den Diebstahl der Kronjuwelen entdeckten?«, fragt Sherlock Holmes einen kräftigen, groß gewachsenen Mann mit dichtem Schnurrbart. »Jawohl«, antwortet der Befragte etwas nervös. »Ich hatte Dienst mit meinem Kollegen Berryfield. Gemeinsam entdeckten wir den Diebstahl.« Holmes will wissen: »Um wie viel Uhr war das genau?« Jones stammelt: »Das war um … wann war das gleich … mein Gedächtnis …« Sherlock Holmes winkt ab und sagt: »Schon gut, lassen Sie mal. Ihr Kollege wird sich vielleicht besser erinnern.«

Also befragt mein Freund als Nächstes den schmächtigen Nachtwächter Berryfield: »Wann genau haben Sie den Diebstahl entdeckt?« »Die Glocke schlug gerade elf Uhr abends«, antwortet Berryfield wie aus der Pistole geschossen. Er wirkt auf mich pflichtbesessen, während sein Kollege Jones einen etwas schludrigen und fast verängstigten Eindruck machte.

Meine Beobachtung teile ich Holmes nach den beiden Befragungen mit. Holmes zuckt nur mit den Schultern und meint: »Ich schätze ihre Menschenkenntnis sehr, Watson, aber ich befürchte, in diesem verzwickten Fall bringt sie uns nicht weiter.«

Die Glocke schlug also elf Uhr abends. Welche Uhrzeit folgt denn hier als nächste? A, B oder C?

Der alte Mann

Nachdem wir den Tatort untersucht und die beiden Nachtwächter befragt haben, begeben wir uns in die Umgebung des Towers, um dort mögliche Zeugen zu finden. Wir stoßen auf einen ärmlich aussehenden alten Mann, der reglos dasteht und seinen Blick nicht vom Tower wendet.

»Heda, guter Mann. Was gibt es denn da zu sehen?«, fragt Holmes höflich den Mann. Der zuckt kurz zusammen und antwortet dann: »Na, die Raben. Sehen Sie doch, die Raben! Es ist, als ob sie den Tower von London beschützen wollen.« Holmes und ich folgen der Blickrichtung des Mannes und sehen nun ebenfalls die Raben über dem Tower kreisen.

Nun meint Holmes zu dem Mann: »Sie sind wohl oft hier, nicht wahr? Haben Sie zufällig gestern Abend oder heute Nacht etwas Verdächtiges im Tower bemerkt?« Daraufhin erwidert der Mann: »Hm, gestern Abend, gestern Abend … Da war ich auch hier. Weiß aber nicht die Uhrzeit. Ein Mann kam aus dem Tower gelaufen. Er machte einen ziemlich nervösen Eindruck. Habe mir aber nichts weiter dabei gedacht. Die Raben sind auch geflogen, aber wie!«

Holmes fragt den Mann: »Können Sie die Person beschreiben?« Der alte Mann erwidert: »Es war dunkel, viel habe ich nicht gesehen. Aber groß war der Mann, groß war er. Und einen Schnurrbart hatte er, einen Schnurrbart.«

Darauf sage ich zu Holmes: »Diese Beschreibung würde ja auf den Nachtwächter Jones passen.« Holmes erwidert: »Und auf Sie, mein lieber Watson!«

Dieses Bild zeigt den Tower von London und seine Umgebung. Entdecken Sie den Meisterdetektiv Sherlock Holmes bei der Spurensuche? Sie dürfen eine Lupe zu Hilfe nehmen.

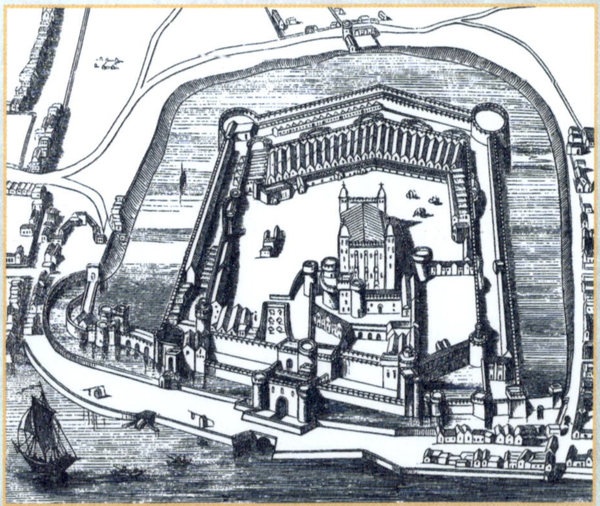

Taubendreck

»Mit den wenigen Informationen, die wir gewonnen haben, werden wir den Fall wohl kaum lösen können«, sage ich zu Sherlock Holmes, als uns eine Droschke zurück zur Baker Street 221B bringt. Sherlock Holmes lacht laut heraus und schlägt sich mit seiner rechten Hand auf den Schenkel. Ich frage: »Was belustigt Sie denn so, Holmes?« Darauf antwortet mein Freund doch glatt: »Sie, mein lieber Watson! Sie sprechen von wenigen Informationen, dabei schreien uns die Informationen doch geradezu an. Bis auf ein einziges fehlendes Glied können Sie den Fall als bereits gelöst betrachten.«

Ich blicke ungläubig drein, getraue mich aber weder zu widersprechen noch um nähere Angaben zu bitten. Dazu kenne ich Sherlock Holmes zu gut. Er verrät niemals die Lösung eines Rätsels, bevor er alle Puzzleteile zusammengesetzt hat.

Die Droschke hält bei unserer Wohnung. Wir steigen aus, Holmes geht gut gelaunt voran. Plötzlich lässt eine Taube ihren Dreck fallen und verfehlt meinen Freund nur knapp. Holmes blickt lange auf den Taubendreck am Straßenrand und ruft dann aus: »Das ist es! Das ist es, Watson!« Der Kutscher schüttelt den Kopf, bevor er losfährt. »Nur noch Verrückte auf der Welt«, höre ich ihn noch murmeln.

Ganz schön viel Taubendreck – passen Sie auf, dass Sie nicht hineintreten! Die Zahlen geben jeweils an, in wie vielen waagerecht, senkrecht oder diagonal benachbarten Feldern sich Taubendreck befindet. Markieren Sie die Felder mit Taubendreck!

1	1			2
	1	3		3
2				2
				2
1	1	1	1	

Die Namensliste

»Mr. Berryfield, entschuldigen Sie bitte, dass wir Sie nochmals belästigen. Aber könnten Sie bitte auf dieses Blatt Papier die Namen der weiteren Nachtwächter aufschreiben, die im Tower von London Dienst tun?« Diese Aufgabe übernimmt der Nachtwächter gern. Er setzt sich an einen Tisch und notiert nach kurzem Überlegen alle Namen. Anschließend überreicht er Holmes die Liste. Der schaut sich diese genau an und meint anschließend: »Das habe ich mir gedacht, es bestätigt meine Theorie.«

Ich schaue ebenfalls auf die Namensliste, kann aber keine verdächtigen Namen lesen. Kein bekannter Verbrecher taucht in der Liste auf. Aber ich halte meinen Mund, denn ich spüre, dass Sherlock Holmes in seinem Element ist und den Fall bald aufklären wird.

Tatsächlich lässt er dem Innenminister eine Nachricht zukommen, in der er diesen darüber in Kenntnis setzt, dass er den Fall gelöst hat. Da platzt mir der Kragen und ich sage ärgerlich zu Holmes: »Nun spannen Sie mich doch nicht länger auf die Folter! Wollen Sie mich nicht langsam in Ihre Gedankengänge einweihen? Schließlich bin ich nicht nur Ihr Gehilfe, sondern auch Ihr Chronist.« Aber mein Freund winkt ab: »Üben Sie sich noch ein wenig in Geduld. Sie wissen doch, wie ungern ich Dinge zweimal ausführe.«

Welche sieben Namen hat Mr. Berryfield notiert? Können Sie die spiegelverkehrt dargestellten Namen ohne Hilfsmittel lesen?

Ein verblüffter Minister

Holmes hat mir immer noch nicht verraten, wer die Kronjuwelen gestohlen haben soll, geschweige denn, wo sich diese befinden. Aber wir sind nun mit dem Innenminister und Chefinspektor Lazey beim Tower verabredet.

Der Innenminister wartet bereits, als wir eintreffen. Aufgeregt fragt er Holmes: »Sie haben den Fall gelöst? Wer ist der Täter? Wo sind die gestohlenen Kronjuwelen?« Mein Freund antwortet ruhig: »Herr Innenminister, die Kronjuwelen wurden gar nicht gestohlen.« Der Innenminister blickt Holmes verständnislos an. Auch Chefinspektor Lazey bleibt der Mund offenstehen. Jener findet zuerst wieder seine Worte: »Aber Mr. Holmes! Die Kronjuwelen sind doch offensichtlich nicht mehr da, also wurden sie gestohlen.« Aber Holmes meint: »Die Kronjuwelen haben den Tower von London nie verlassen.«

Jetzt sagt der Innenminister: »So erklären Sie sich doch näher! Wo sind die Kronjuwelen also? Und wer hat sie dorthin befördert?«

Aus diesen Puzzlestücken lässt sich etwas zusammensetzen, das zur Lösung des Falles beiträgt. Gut zu wissen: Die Puzzlestücke wurden nicht gedreht. Worum handelt es sich da?

Ein gutes Versteck

Der Nachtwächter Mr. Berryfield lächelt verschmitzt, als Sherlock Holmes ihn kommen lässt. »Einem Sherlock Holmes kann man also wirklich nichts vormachen«, sagt er. Sherlock Holmes erklärt: »Die Frau von Mr. Berryfields Kollegen, dem Nachtwächter Jones, ist krank. Deshalb hat er sich am besagten Abend auch unerlaubt freigenommen, Berryfield tat allein Dienst. Und diese Gelegenheit nutzte er …« Berryfield ergänzt: »… um die Kronjuwelen vorübergehend an einen anderen Ort zu bringen. Ich wollte beweisen, dass die Sicherheitsvorkehrungen vollkommen ungenügend sind. Die Kronjuwelen befinden sich …«

Sherlock Holmes unterbricht Berryfield: »Moment, Moment, nicht so schnell! Die Auflösung des Falles ist mein Part, Mr. Berryfield. Die Lösung ist leicht, federleicht sozusagen. Die Kronjuwelen befinden sich wohlverpackt in den Rabennestern im Tower von London. Deshalb sind die Raben in jener Nacht aufgeregt aufgeflogen, wie es ein alter Mann beobachtet hat.« Berryfield nickt: »Genauso ist es! Meinen Respekt, Mr. Holmes, also haben Sie auch dies herausgefunden.«

Wir begeben uns sofort zu den Rabennestern. Chefinspektor Lazey bringt die Kronjuwelen nach und nach wohlbehalten zum Vorschein und weist seine Leute an, sie wieder an ihren ursprünglichen Platz zurückzubringen. Der Innenminister ermahnt ihn: »Verstärken Sie die Sicherheitsvorkehrungen! So wie es jetzt ist, darf es auf keinen Fall bleiben!« Und an Sherlock Holmes und mich gewandt: »Ihnen beiden vielen Dank für die rasche Aufklärung dieses Nicht-Diebstahls. Es wird unangenehm, dies der Öffentlichkeit zu erklären, aber so hat London wenigstens wieder einmal etwas zu lachen.«

Um die Kronjuwelen zu bergen, zeichnen Sie die Rabennester ein, indem Sie die entsprechenden Felder schwärzen. In diesem Fall sind die Nester rechteckig und umfassen mindestens 2 × 2 Felder. Die Zahlen an den Rändern geben an, wie viele Felder in der jeweiligen Reihe oder Spalte geschwärzt werden müssen.

							2
							4
							2
							2
							3
							6
							6
5	5	3	0	5	5	2	

… und so endet eine weitere Geschichte mit Sherlock Holmes, dem größten Detektiv aller Zeiten. Dieser setzte sich dafür ein, dass die Nachtwächter Jones und Berryfield ihre Arbeit behalten durften. Der alte Mann wurde für die Verpflegung der Raben im Tower von London engagiert und hatte fortan ein Auskommen. Wirklich lachte ganz London über den Vorfall, aber nicht lange, denn bald schon geschah wieder ein grausamer Mord – ein neuer Fall für Sherlock Holmes und Dr. Watson!

HERCULE POIROT

Genie und Exzentrik: Hercule Poirots unvergleichlicher Scharfsinn

Hercule Poirot ist eine der bekanntesten literarischen Figuren aus der Feder der englischen Krimiautorin Agatha Christie. Der belgische Privatdetektiv, bekannt für seinen präzisen, methodischen Verstand und seinen unverwechselbaren Schnurrbart, ist in 33 Romanen und mehr als 50 Kurzgeschichten aufgetreten. Seine Premiere feierte Poirot 1920 in Christies erstem Kriminalroman „The Mysterious Affair at Styles", der in der deutschen Übersetzung zumeist als „Das fehlende Glied in der Kette" bekannt ist.

Hercule Poirot ist ein pensionierter belgischer Polizist, der während des Ersten Weltkriegs nach England geflüchtet ist und sich dort als Privatdetektiv etabliert hat. Als Mann von Gewohnheiten hat er eine ausgeprägte Liebe zu Komfort und Luxus, eine Eigenschaft, die sich in seiner eleganten Kleidung widerspiegelt.

Poirot wurde von verschiedenen Schauspielern oft ganz unterschiedlich auf der Leinwand dargestellt. In der Verfilmung von „Mord im Orient Express" aus dem Jahr 1974 übernahm Albert Finney die Rolle von Poirot. Trotz gemischter Kritiken wurde seine Darstellung von Poirots exzentrischen Manierismen und seinem belgischen Akzent gelobt. Peter Ustinov hingegen verlieh Poirot in sechs Kino- und Fernsehfilmen eine etwas humorvollere Note. Ustinovs Poirot war wärmer und sympathischer, obwohl er immer noch den scharfsinnigen Verstand und die Liebe zum Detail bewahrte, die die Figur auszeichneten. In den jüngsten

Verfilmungen wird Poirot von Kenneth Branagh dargestellt, der ein neues Maß an emotionaler Tiefe und Verletzlichkeit in die Figur brachte.

In der TV-Serie „Agatha Christie's Poirot" spielte der britische Schauspieler David Suchet die Rolle von 1989 bis 2013. Suchet legte großen Wert auf Details und blieb eng an Christies Originalbeschreibung von Poirot, einschließlich seiner Genauigkeit, seinem Sinn für Ordnung und seiner pedantischen Natur.

In den Romanen und Verfilmungen verlässt sich Poirot häufig auf seine „kleinen grauen Zellen", um die komplexesten Rätsel zu lösen. So erwähnt er in seinem charmanten belgischen Akzent gern, dass die Wahrheit oft in den kleinsten Details verborgen liegt und dass jeder noch so unwichtige Faktor das Potenzial hat, einen Fall zu klären.

WISSENSQUIZ

1. Was ist das ins Auge springende Markenzeichen von Hercule Poirot?

A Großer Hut

B Bunter Anzug

C Schnurrbart

D Brille

2. Was war Poirots Beruf vor seiner Arbeit als Detektiv?

A Arzt

B Polizist

C Lehrer

D Chemiker

3. In welchem Roman taucht Hercule Poirot zum ersten Mal auf?

A „Mord im Orientexpress" („Murder on the Orient Express")

B „Das fehlende Glied in der Kette" („The Mysterious Affair at Styles")

C „Alibi" („The Murder of Roger Ackroyd")

D „Der blaue Express" („The Mystery of the Blue Train")

4. Wie heißt der Kriminalbeamte, dem Poirot häufig unschätzbare Dienste bei der Lösung seiner Fälle leistet?

A Inspektor Hastings

B Inspektor Craddock

C Inspektor Morse

D Inspektor Japp

5. Wer ist Poirots bester Freund und häufiger Begleiter bei seinen Ermittlungen?

A Inspektor Japp

B Arthur Hastings

C Felicity Lemon

D George Simpson

6. In wie vielen Agatha-Christie-Romanen tritt Hercule Poirot auf?

A 21

B 25

C 33

D 40

7. In welchem Zug löst Hercule Poirot einen seiner berühmtesten Fälle?

A Glacier Express

B Transsibirische Eisenbahn

C Trans-Europ-Express

D Orient-Express

8. Wer spielte den Poirot in der Serie „Agatha Christie's Poirot" von 1989 bis 2013?

A David Suchet

B Peter Ustinov

C Albert Finney

D Kenneth Branagh

9. Welcher Schauspieler verkörperte Hercule Poirot in der Filmreihe der 1970er- und 1980er-Jahre?

A Albert Finney

B Peter Ustinov

C David Suchet

D Kenneth Branagh

10. Wer führte Regie bei dem Film „Mord im Orient Express" aus dem Jahr 2017?

A Kenneth Branagh

B Sidney Lumet

C Carl Schenkel

D Keita Kono

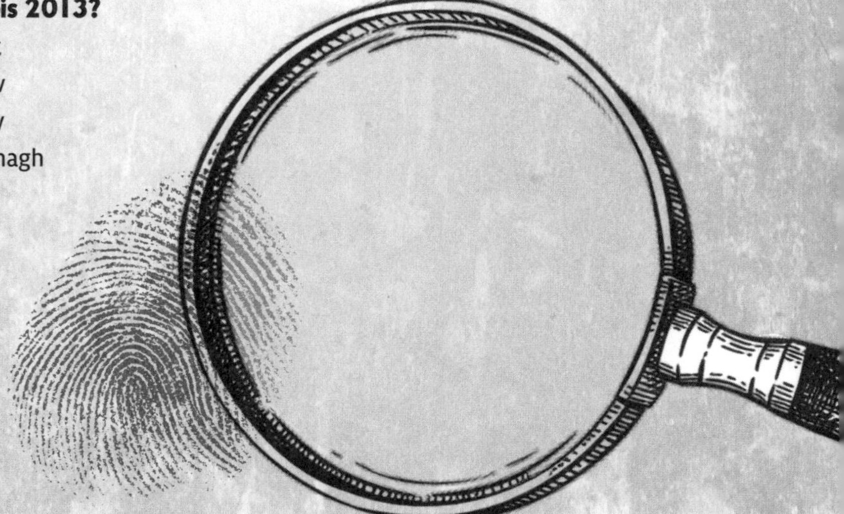

Verschollen in Venedig

Im Hotel

Hercule Poirot, der berühmte belgische Detektiv mit dem markanten Schnurrbart und den scharfen grauen Zellen, hat gerade einen herausfordernden Mordfall gelöst. Er beschließt deshalb, in Venedig aus dem Orient-Express zu steigen, um in Italien noch einige Tage das süße Leben zu genießen, bevor er in das neblige London zurückreist.

Doch kaum hat er sein Zimmer im prächtigen Hotel Palazzo Angelini bezogen, wird er vom Portier auf seinem Zimmer angerufen. »Da ist eine Frau namens Bettina de la Bianca, die Sie sprechen möchte«, sagt der Portier. Und er fügt entschuldigend hinzu: »Sie ist sehr aufgewühlt. Es scheint wichtig zu sein.« Diese Worte wecken die Neugierde des Belgiers und er begibt sich sofort in die Hotellobby.

Dort angekommen, wird Hercule Poirot sogleich von einer wohlhabend aussehenden Dame angesprochen: »Signore Poirot!«, beginnt diese aufgeregt, »ich habe von Ihren unglaublichen Fähigkeiten gehört. Bitte helfen Sie mir! Meine Nichte Caterina ist seit zwei Tagen verschwunden. Die Carabinieri haben bisher keine Spur von ihr gefunden.«

Als der Detektiv die Worte über seine unglaublichen Fähigkeiten hört, streicht er sich zufrieden über seinen Schnurrbart. Dann fragt er: »Woher wissen Sie denn, dass ich in diesem Hotel abgestiegen bin?« Die Dame antwortet: »Das Hotel gehört einem guten Freund der Familie.« »Nun denn«, meint Hercule Poirot bedächtig, »berichten Sie mir Näheres über das Verschwinden Ihrer Nichte! Ich werde sehen, ob ich etwas für Sie tun kann.«

Der Orient-Express, mit dem Hercule Poirot in Venedig ankam, hat 19 Waggons. In jeweils vier aufeinanderfolgenden Waggons befindet sich immer die gleiche Anzahl an Fahrgästen, nämlich 200. Insgesamt befinden sich 979 Fahrgäste im Orient-Express. Können Sie aus diesen Vorgaben herleiten, wie viele Fahrgäste sich im sechzehnten Waggon befinden?

Der Bericht der Tante

Bettina de la Bianca, die besorgte Tante der Vermissten, lädt Hercule Poirot dazu ein, einen Drink auf der Terrasse des Hotels einzunehmen, die einen erhabenen Blick auf den Canal Grande eröffnet. Sie erklärt zunächst: »Caterina ist wie eine Tochter für mich. Sie war vierzehn, als ihre Eltern bei einem Autounfall starben. Mein Mann und ich haben sie voller Liebe bei uns aufgenommen. Bald wird sie volljährig.« Der belgische Detektiv nickt verständnisvoll und kommentiert: »Très bien! Aber nun zum Verschwinden Ihrer Nichte. Könnte es nicht sein, dass sie … comment puis-je m'exprimer … eine Liebelei hat?«

Die Tante verneint empört. »Aber nein«, sagt sie überzeugt, »darüber hätte Caterina mit mir ganz bestimmt gesprochen. Nein, es war einfach so, dass sie am Nachmittag vor zwei Tagen aufbrach, um noch etwas zu erledigen. Aber sie kam nicht zurück.« »Und es gibt keine Menschen, die Ihrer Nichte übelwollen? Oder kann es sein, dass Caterina aus Venedig fortwollte?«, will Poirot wissen. »Ganz bestimmt nicht«, gibt die Tante zurück.

»Schauen Sie sich doch nur einmal ihr Foto an!« Mit diesen Worten zieht die Tante eine Aufnahme hervor, die eine hübsche junge Dame zeigt. Die Tante führt aus: »Caterina studiert hier in Venedig Kunstgeschichte. Sie ist ein wahrer Engel, und sie liebt diese Stadt.«

Werfen auch Sie einen Blick auf die Aufnahme der vermissten Caterina de la Bianca. Wir zeigen Ihnen sogar zwei Aufnahmen, allerdings enthält die Aufnahme rechts fünf Fehler. Entdecken Sie alle?

Der Stadtplan

Poirot bittet Bettina de la Bianca darum, Caterinas Zimmer sehen zu dürfen. Die Tante führt ihn durch einige der Gassen Venedigs zu einem altehrwürdigen Haus. Caterinas Zimmer gleicht mehr einer Bibliothek als einem Mädchentraum. Es steht voller Bücher über Kunst und Geschichte. Auch vollgekritzelte Notizbücher findet der Detektiv vor. Die Notizen befassen sich aber ausschließlich mit Caterinas Studien über die Kunst.

Doch dann macht Hercule Poirot eine Entdeckung, die sein Interesse weckt. Auf Caterinas Schreibtisch liegt ein Stadtplan von Venedig. Und an einer Stelle auf diesem Plan bemerkt der belgische Meisterdetektiv ein kleines Kreuz – eine Markierung, die von Caterina hinzugefügt worden sein muss. Hercule Poirot bittet: »Darf ich diesen Stadtplan und auch das Foto Ihrer Nichte ein Weilchen ausleihen?« Die Tante erwidert: »Aber selbstverständlich! Das heißt, Sie werden meine Nichte suchen?« »Jawohl«, antwortet Poirot, »aber – à l'heure actuelle – kann ich nur versprechen, dass ich mein Bestes geben werde, um sie zu finden.«

Dann hat Poirot noch eine Frage: »Wo ist denn eigentlich Ihr Mann, der Onkel Caterinas?« Die Tante antwortet: »Oh, der ist seit einigen Tagen geschäftlich unterwegs. Sein Unternehmen läuft nicht gut, müssen Sie wissen, und so ist er ständig unterwegs, um neue Kunden zu gewinnen.«

Schauen Sie genau und nehmen Sie notfalls eine Lupe zu Hilfe: Wo auf der Karte befindet sich das von Caterina de la Bianca gemachte Kreuzchen, das wie ein „x" ausschaut?

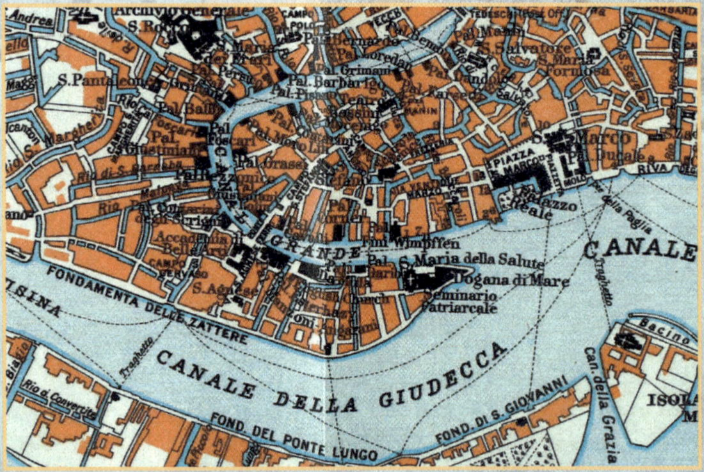

Weg durch Venedig

Es ist wohl nur zu verständlich, dass Hercule Poirot sich sofort auf den Weg macht, um die auf dem Stadtplan markierte Adresse aufzusuchen. Doch dieses Vorhaben gestaltet sich aufgrund der engen Gässchen und zahlreichen Kanäle in Venedig gar nicht so einfach. Doch schließlich steigt der Detektiv aus einer Gondel, und sein Blick folgt dem Finger eines Gondolieres, der auf eine kleine Kunstgalerie weist.

Als Poirot die Galerie betritt, trifft er auf einen älteren Herrn mit einer runden Brille auf der Nase. Es ist der Galerist Brambilla. Da er nicht viel Kundschaft hat, erinnert er sich gut an Caterina. »Ja, sie war hier«, erwidert er auf die Frage Poirots. »Sie hatte eine Frage zu einem Gemälde.« »So?«, meint der Detektiv neugierig. »Und was war das für ein Gemälde?« Brambilla antwortet: »Es war ein kleines, sehr altes Gemälde eines unbekannten Künstlers. Sie hatte es dabei. Das Gemälde zeigt eine kleine Piazza in Venedig. Ich konnte der Signorina sagen, wo sich diese Piazza befindet. Sie liegt ganz in der Nähe.«

Hercule Poirot lässt sich von dem Galeristen den Weg zum besagten Platz beschreiben, der weit abseits der üblichen Touristenpfade liegt. Wieder hat der Detektiv Probleme, sich in den verwinkelten Gassen Venedigs zu orientieren, doch schließlich steht er auf der kleinen Piazza und blickt sich mit detektivischem Spürsinn um.

Hercule Poirot lässt sich von vielen Personen den Weg zur Piazza weisen. Auch auf Sie wartet eine richtungsweisende Aufgabe: Zeichnen Sie in den weißen Feldern am Rand waagerechte, senkrechte und diagonale Pfeile ein. Und zwar so, dass jede der Zahlen exakt angibt, wie viele Pfeile insgesamt auf sie weisen.

	3	1	3	3	
	2	2	1	5	
	4	0	2	1	
	5	6	2	3	

Die alte Signora

Die Piazza ist menschenleer, bis auf eine Ausnahme. Eine alte Signora füttert Tauben mit kaum weniger altem Brot, das sie zwischen ihren Fingern zerkrümelt. Der belgische Meisterdetektiv geht langsam auf die Signora zu und spricht sie vorsichtig an. Auch ihr zeigt er das Foto Caterinas. Die alte Signora sagt, sie habe die junge Dame vor etwa zwei Tagen hier auf der Piazza gesehen. Sie habe ständig auf ein bestimmtes Haus geblickt. Nach einer Weile sei ein Mann aus diesem Haus gekommen und habe die junge Dame angesprochen. Die Dame sei mit dem Mann in das Haus gegangen. Mehr wisse sie nicht, denn dann sei das Brot alle gewesen und die Tauben satt, und sie sei nach Hause gegangen.

Hercule Poirot bittet: »Könnten Sie mir wohl zeigen, welches Haus die junge Dame betrachtet und später betreten hat?« Diesen Gefallen tut ihm die alte Signora gern. Dann sagt sie noch: »Wissen Sie, dieser Mann, er war sehr elegant gekleidet – aber sein Gesicht war mir nicht geheuer.«

Der Detektiv bedankt sich. Dann liest er den Namen auf dem Klingelschild und meint: »Esposito – ein interessanter Nachname.« Dann begibt er sich zurück zu seiner Auftraggeberin Bettina de la Bianca und berichtet von seinen bisherigen Erkenntnissen. Als sie den Namen Esposito hört, verkündet sie erschrocken: »Das ist ein Angestellter meines Mannes. Ein übler Geselle, nur hinter dem Geld her. Ich kann ihn nicht ausstehen.

Welchen italienischen Vornamen hat dieser Esposito? Bilden Sie ihn aus den Buchstaben CENOIR.

Ein eleganter Mann

Noch am gleichen Abend begibt sich Hercule Poirot erneut zu der Piazza. Mit einem Schreiben seiner Auftraggeberin ausgestattet, wagt er es, bei Signore Esposito zu läuten. Der öffnet, nachdem er kurz zuvor aus dem Küchenfenster geschaut hat, die Tür und lässt den Detektiv eintreten. Enrico Esposito ist wirklich ausnehmend gut gekleidet. Jedoch vermag es die elegante Kleidung nicht, das Boshafte in seinen Gesichtszügen zu kaschieren. »Womit kann ich Ihnen dienen?«, fragt er kalt. Hercule Poirot übergibt ihm das Schreiben von Bettina de la Bianca, in dem sie den Mitarbeiter ihres Mannes auffordert, dem Detektiv in allen Belangen behilflich zu sein. Enrico Esposito räuspert sich und nickt.

»Dieses Haus gehört ihrem Arbeitgeber?«, fragt Hercule Poirot beiläufig. »Er vermietete es an mich«, antwortet der Befragte ausweichend. »Wie alt ist denn das Haus?«, will Poirot wissen. »Etwa 400 Jahre«, erwidert Enrico Esposito. Plötzlich fragt der belgische Meisterdetektiv: »Wo haben Sie Caterina de la Bianca versteckt?« Enrico Esposito wird bleich wie Mascarpone. Er sucht offenkundig nach einer Ausrede. Doch da er keine findet, bricht er in Wut aus. Er richtet sich zu voller Größe auf und wird laut: »Was fällt Ihnen ein, mir etwas zu unterstellen? Verlassen Sie sofort das Haus!«

Da Enrico Esposito einen guten Kopf größer und deutlich kräftiger als Hercule Poirot ist, leistet jener der Aufforderung sofort Folge. Aber er weiß sich der Lösung des Falles nun schon ganz nah.

Der belgische Meisterdetektiv zählt einmal mehr zwei und zwei zusammen. Aber hier in diesem besonderen Fall ergibt zwei und zwei gar nicht vier. Legen Sie genau ein Streichholz um, damit die Gleichung aufgeht.

Besuch mit Polizei

Dank der guten Beziehungen von Bettina de la Bianca konnte Hercule Poirot den Polizeichef von Venedig davon überzeugen, dass dieser Enrico Esposito etwas zu verbergen habe und das Leben von Caterina de la Bianca in Gefahr sei. So stattet er dem Haus an der kleinen Piazza erneut einen Besuch ab, dieses Mal begleitet von einem Dutzend Carabinieri. Enrico Esposito setzt sich auf einen Diwan und spricht kein Wort, während die Carabinieri das Haus nach Hinweisen auf Caterinas Verbleib durchsuchen.

Hercule Poirot ist besonders an den Kellerräumen des Hauses interessiert. Doch diese sind nur mit Gerümpel vollgestellt. Mit einem kurzen Blick gibt sich der Detektiv aber nicht zufrieden. Mit einem Stethoskop hört er die Wände ab.

Und tatsächlich: Hinter einer der massiven Mauern vernimmt er ein leises Rufen. Er gibt zwei Carabinieri das Kommando, die Wand von allem Gerümpel zu befreien. Dann untersucht er die Mauer gründlich. »Irgendwo muss es einen Durchgang geben, aber ich finde ihn nicht. Merde!«, ruft Poirot aus.

Doch schließlich entdeckt er, als er die Mauersteine abklopft, dass ein Stein anders klingt als die anderen. Diesen Stein nimmt er näher in Augenschein und stellt fest, dass er sich wie ein Schalterknopf drücken lässt. »Ein interessanter Schüssel!«, meint der Detektiv, während sich in der Wand langsam ein Durchgang öffnet.

Seien Sie Hercule Poirot bei der Untersuchung der Mauer behilflich. Jeder Mauerstein enthält eine gerade sowie eine ungerade Zahl. Zwei halbe Mauersteine an den Rändern einer Reihe werden wie ein Mauerstein behandelt. In jeder Reihe sowie in jeder Spalte sollen sich die Zahlen von 1 bis 6 genau einmal finden lassen. Füllen Sie die leeren Felder aus!

5	2			1	
6				2	3
2					
				3	5
1		6			
	5				4

Im Keller gefangen

Ja, hinter der unscheinbaren Kellerwand findet Hercule Poirot eine erschöpfte und halb verdurstete Caterina de la Bianca. Aber nicht nur diese. Der geheime Kellerraum ist angefüllt mit kostbaren Gegenständen, die aus Gold und Edelsteinen bestehen. »Es ist der verloren geglaubte Schatz der de la Biancas«, bringt Caterina kraftlos hervor. Der belgische Meisterdetektiv staunt nicht schlecht bei all diesem Glanz, und die herbeigerufenen Carabinieri nicht weniger. Der skrupellose Kidnapper Enrico Esposito wird abgeführt und Caterina de la Bianca medizinisch versorgt. Der Schatz verbleibt vorerst von Carabinieri gut bewacht im Keller.

Hercule Poirot lässt es sich nicht nehmen, sofort persönlich bei seiner Auftraggeberin Bettina de la Bianca Bericht zu erstatten. »Ja, sie ist wohlauf«, bestätigt der Detektiv noch einmal der besorgten Tante. »Und dieser Schatz? Was hat es damit auf sich?«, will Bettina de la Bianca wissen. Darauf antwortet Poirot geheimnisvoll: »Das wollen wir lieber ein anderes Mal besprechen – wenn Ihr werter Gemahl von seiner Geschäftsreise zurück ist.«

Mit diesen Worten verabschiedet sich der belgische Meisterdetektiv fürs Erste. Er weiß Caterina de la Bianca nun in guten Händen und überlegt sich bereits, mit welchen Worten er den Fall dieser geheimnisvollen Entführung zum Abschluss bringen will.

Hercule Poirot staunt nicht schlecht über den Schatz, genauso die Carabinieri. Einer der Carabinieri sagt: „Zu dem Schatz gehört mindestens ein Goldbarren." Ein zweiter meint: „Zu dem Schatz gehören weniger als drei Goldbarren." Schließlich stellt ein dritter Carabiniere fest: „Zu dem Schatz gehören mindestens drei Goldbarren." Nur einer der Carabinieri sagt die Wahrheit. Wie viele Goldbarren gehören zu dem Schatz?

Die Auflösung

Bereits am nächsten Tag meldet Bettina de la Bianca die Rückkunft ihres Gemahls. Hercule Poirot lädt sich selbst zu einem Kaffee in deren Haus ein. Dann beginnt er: »Dieser Enrico Esposito – er war nur ein Handlanger.« Die Tante schaut erstaunt, im Blick des Onkels ist Entsetzen zu lesen. »Denn Sie«, bei diesen Worten deutet Hercule Poirot mit dem Zeigefinger auf den Onkel, »sind der eigentliche Entführer Ihrer Nichte.«

Hercule Poirot führt aus: »Sie leben schon seit geraumer Zeit vom Vermögen Ihrer Nichte. Spätestens dann, wenn Ihre Nichte in Kürze volljährig wird, wäre dies ans Tageslicht gekommen. Und Sie haben den Familienschatz der de la Biancas gefunden, dem Ihre Nichte ebenfalls auf die Spur kam. Dieser Schatz steht nach deren Volljährigkeit rechtmäßig Ihrer Nichte zu, aber Sie wollten ihn selbst an sich reißen. Und dafür hätten Sie Ihre Nichte in dem Kellerraum sogar verhungern und verdursten lassen!«

Bettina de la Bianca blickt ihren Ehemann durchdringend an und fragt scharf:

»Stimmt das, Luigi?« Getroffen von so viel Wahrheit, bricht der Onkel zusammen. Er weint und schluchzt, doch seine Gemahlin lehnt eine Umarmung ab. Schließlich fasst er sich und gesteht: »Es … ist wahr.« Nun geht alles ganz schnell. Der Onkel rennt los und verschließt sich in einem Nebenraum. Hercule Poirot reagiert nicht schnell genug, um es zu verhindern. Dann dröhnt ein Schuss. Totenstille.

Hier sind noch alle Türen des Hauses geöffnet. Verschließen Sie einige davon durch gerade Linien zwischen zwei Feldern, sodass die Zahlen in den Feldern angeben, in wie viele andere Felder von dort aus sowohl in waagerechter als auch senkrechter Richtung gesehen werden kann. Zum Schluss muss weiterhin jeder Raum von jedem beliebigen anderen Raum aus erreichbar sein!

2	3	2	5	2	2
8	6	6	8	8	5
4	3	4	6	6	3
3	2	1	4	4	2
6	5	3	3	3	1

Abreise aus Venedig

Bettina de la Bianca und ihre Nichte Caterina stehen am Pier und verabschieden Hercule Poirot. Die Tante fragt: »Möchten Sie wirklich mit dem Schiff nach London zurückreisen? Das dauert doch eine halbe Ewigkeit.« Hercule Poirot antwortet lächelnd und streicht sich stolz über seinen Schnurrbart: »Ja, denn wissen Sie: Bahnreisen, speziell solche mit dem Orient-Express, erbringen mir zu viel Aufregung.«

PHILIP MARLOWE

Philip Marlowe: Der Klassiker des Noir-Kriminalromans

Mit Philip Marlowe schuf der berühmte Krimiautor Raymond Chandler den Prototyp des Privatdetektivs, den viele spätere Schriftsteller als Vorbild für ihre Figuren nahmen. Er lebt und arbeitet in der schmutzigen und korrupten Stadt Los Angeles, Kalifornien, in den 1930er- und 1940er-Jahren. Marlowe ist ein hartgesottener Detektiv, berühmt für seinen scharfen Verstand, seine unerschrockene Haltung und seinen trockenen Witz. Er zeichnet sich durch seine tiefgründige Moral aus, die oft im Kontrast zu der korrupten und gewalttätigen Welt steht, in der er ermittelt.

Marlowe trat erstmals 1939 in dem Roman „The Big Sleep" auf und wurde schnell zu einer berühmten Romanfigur im Genre der Hardboiled-Krimis. Marlowe ist kein typischer Detektiv; er hat eine harte Schale, aber auch eine weiche Seite und er hat oft mit seinen eigenen inneren Dämonen zu kämpfen. Seine Auslegung von Recht und Unrecht folgt nicht immer den Gesetzen; so lässt er auch mal einen kleinen Gauner laufen, der sein Mitleid erregt hat.

Philip Marlowe wurde in zahlreichen Filmen, Fernsehserien und Radiosendungen dargestellt. Vielleicht am bekanntesten ist Humphrey Bogart, der ihn 1946 in „The Big Sleep" („Tote schlafen fest") unter der Regie von Howard Hawks spielte. Der Film ist bekannt für seine komplexe Handlung, seine scharfen Dialoge und Bogarts unvergessliche Darstellung von Marlowe. Bemerkenswert ist die elektrisierende Chemie zwischen Bogart und Lauren Bacall, die im wirklichen Leben miteinander verheiratet waren.

Robert Mitchum spielte Marlowe in zwei Filmen: „Farewell, My Lovely" („Fahr zur Hölle, Liebling", 1975) und einem Remake von „The Big Sleep" („Tote schlafen besser", 1978). Mitchums Darstellung von Marlowe war etwas älter und abgeklärter, ein Mann, der schon alles gesehen hat. Eine ganz andere Version von Marlowe spielte Elliott Gould in Robert Altmans „The Long Goodbye" („Der Tod kennt keine Wiederkehr", 1973). Dieser Film glänzt mit einer lockereren, lässigeren Interpretation der Figur – passend für die 1970er-Jahre.

In den Filmen und Romanen ist Marlowe oft der letzte ehrliche Mann in einer korrupten Welt. Trotz der Herausforderungen und Gefahren, denen er begegnet, bleibt Marlowe seinem moralischen Kompass treu, beweist Mut und Integrität und zeigt, dass Anstand und Gerechtigkeit auch in einer gnadenlosen Welt einen Platz haben.

WISSENSQUIZ

1. Von welchem Autor wurde die Figur Philip Marlowe geschaffen?

A Arthur Conan Doyle
B Dashiell Hammett
C Raymond Chandler
D Ross Macdonald

2. In welchem Roman trat Philip Marlowe erstmals auf?

A The Big Sleep
B The Long Good-bye
C Farewell, My Lovely
D The Lady in the Lake

3. Wo befindet sich Philip Marlowes Büro?

A Hollywood
B Downtown Los Angeles
C Beverly Hills
D Santa Monica

4. Wodurch hebt sich Philip Marlowe von anderen Detektivfiguren ab?

A Durch seine Kleidung
B Durch seinen Schnurrbart
C Durch seine tiefgründigen Monologe
D Durch seine besonderen Detektivtechniken

5. Welche Ausbildung hat Marlowe oder welchen Beruf übte er früher aus?

A Er hat nie die Schule besucht
B Er war Polizeibeamter
C Er war zuvor praktizierender Anwalt
D Er hat als Ermittler für den Bezirksstaatsanwalt gearbeitet

6. Wie viele Philip-Marlowe-Romane hat Raymond Chandler geschrieben?

A Fünf
B Sieben
C Neun
D Elf

7. Wer führte Regie bei der Verfilmung von „Tote schlafen fest" („The Big Sleep") aus dem Jahr 1946?

A Michael Curtiz

B John Huston

C Billy Wilder

D Howard Hawks

8. Welcher Darsteller verkörperte Philip Marlowe in der 1978er-Version von „The Big Sleep" (deutscher Filmtitel: „Tote schlafen besser")?

A James Garner

B Elliot Gould

C Robert Mitchum

D James Caan

9. Wer war der Regisseur von „Der Tod kennt keine Wiederkehr" (Originaltitel: „The Long Goodbye") von 1973?

A Robert Altman

B Roman Polanski

C Martin Scorsese

D Fred Zinnemann

10. In welchem Philip-Marlowe-Film spielte Lauren Bacall an der Seite ihres Mannes?

A „Der Tod kennt keine Wiederkehr" („The Long Good-bye")

B „Die Dame im See" („Lady in the Lake")

C „Tote schlafen fest" („The Big Sleep")

D „Fahr zur Hölle, Liebling" („Farewell, My Lovely")

Der Tod kam nachts

Ein Anruf um Mitternacht

Philip Marlowe, der hartgesottene Privatdetektiv mit einer Vorliebe für Whiskey und Zigaretten, sitzt immer noch in seinem Büro in Downtown L.A., als das Telefon schrillt. Es ist bereits Mitternacht, und die Stadt ist in eine Decke von Dunkelheit und Nebel gehüllt, die nur hin und wieder durch grelle Neonreklamen durchbrochen wird.

»Marlowe«, meldet er sich mit seiner rauen Stimme. »Mr. Marlowe, ich bitte Sie um Ihre Hilfe!«, sagt eine zittrige Frauenstimme am anderen Ende der Leitung. »Mein Name ist Kylie Wesson. Mein Bruder David Monroe … er wurde gestern Nacht ermordet. Ich konnte meine Schwägerin Evelyn Monroe, die Witwe, davon überzeugen, dass es eine gute Idee wäre, Sie einzuschalten. Mein Bruder hatte seine Schwächen, aber war ein guter Mann. So einen schlimmen Tod hat er einfach nicht verdient.« Die Frau am Telefon bricht in Tränen aus. Das hat Philip Marlowe gerade noch gefehlt.

»Okay, ich komme am Vormittag zu Ihnen. Wie lautet die Adresse?«, will Marlowe wissen. »109 Smithfield Boulevard«, antwortet Kylie Wesson. »Mein Bruder … sein Leichnam wurde bereits abtransportiert. Meine Schwägerin und ich werden da sein, wenn Sie kommen.« Nach einer kurzen Verabschiedung nippt Marlowe noch einen kräftigen Schluck Whiskey. Dann murmelt er zu sich selbst: »Tja, eigentlich ist es doch gut, dass es da draußen so viele böse Jungs gibt. Sonst könnte ich mir keinen Whiskey und keine Glimmstängel kaufen.«

Philip Marlowe stellt fest, dass er keine Zigaretten mehr vorrätig hat. Aber er wird den Teufel tun, um diese Zeit noch mal raus auf die Straße zu gehen. Stattdessen möchte er in seinem Büro übernachten und sich aus Zigarettenstummeln neue Zigaretten drehen. Den Tag über haben sich 21 Zigarettenstummel angesammelt. Aus jeweils fünf Stummeln kann eine Zigarette gedreht werden. Wie viele Zigaretten kann Philip Marlowe in dieser Nacht noch rauchen?

Die Witwe

Unter der Adresse 109 Smithfield Boulevard findet Philip Marlowe eine ansehnliche Villa vor. Der Detektiv wird von einer freundlich, aber verheult aussehenden Dame in das prächtige Anwesen eingelassen. Sie stellt sich als Kylie Wesson vor – es ist die Anruferin von letzter Nacht. Im Wohnzimmer, dessen Fenster einen fantastischen Blick auf die Millionenmetropole Los Angeles bieten, wartet die Witwe, Evelyn Monroe. Sie trägt ein schwarzes Kleid, das ihre Trauer unterstreicht, und ihre Augen sind geschwollen vom Weinen.

»Erzählen Sie mir alles, was ich über diesen Fall wissen muss«, fordert Philip Marlowe die beiden attraktiven Frauen auf. Die Witwe beginnt mit bebender Stimme: »David wurde bei einem Einbruch erschossen.« Ihre Schwägerin fügt hinzu: »Mr. Marlowe, aber war das wirklich ein Einbruch? Nichts, gar nichts Wertvolles wurde gestohlen, soweit wir es überblicken können.«

Evelyn Monroe fährt fort: »Der Einbrecher … der Mörder … muss durch die Hintertür gekommen sein. Die Polizei hat festgestellt, dass diese aufgebrochen wurde. Dann hat er sich nach oben geschlichen und meinen Mann in seinem Arbeitszimmer erschossen. Zuvor gab es einen Kampf.«

»Wo waren Sie zu diesem Zeitpunkt«, fragt Marlowe die Witwe. Diese antwortet: »Ich habe bereits geschlafen. Wissen Sie, seit einigen Monaten nehme ich Schlaftabletten ein, die mir mein Arzt verschrieben hat. Wenn ich ein paar davon schlucke, schlafe ich bis zum nächsten Morgen durch. Da könnte ein Schuss direkt neben meinem Ohr fallen. Oh …! Ich fand meinen Mann erst gegen acht Uhr morgens.« Evelyn Monroe stützt sich nach diesen Worten auf ihre Schwägerin.

»Okay, Mrs. Wesson, zeigen Sie mir jetzt das Arbeitszimmer! Sie, Mrs. Monroe, ruhen sich besser aus.«

Evelyn Monroe erklärt, dass sie jeden Abend drei Schlaftabletten im Abstand von 30 Minuten einnehmen müsse. Nach dem Einnehmen der dritten Tablette könne sie dann sofort einschlafen. Wie lange dauert es nach der ersten Tabletteneinnahme, bis Evelyn Monroe einschlafen kann?

Der Tatort

Kylie Wesson öffnet eine Tür im ersten Stockwerk. Marlowe bietet sich das Bild eines Kampfes. Bücher und andere Gegenstände liegen verstreut auf dem Boden. Das Glas einer Vitrine ist zerbrochen. Doch etwas fühlt sich falsch an. Kylie Wesson kommt seiner Frage zuvor: »Es ist noch alles so, wie die Polizei es vorgefunden hat. Nur die Leiche meines Bruders haben sie mitgenommen. Der Schuss hat ihn mitten ins Herz getroffen.«

»War Ihr Bruder in Schwierigkeiten, Mrs. Wesson?«, fragt Marlowe die Schwester des Ermordeten. »Nicht, dass ich wüsste«, antwortet sie mit zitternder Stimme. »Früher spielte er und verlor viel Geld. Doch das hat er vor Jahren in den Griff bekommen, denke ich. Zumindest habe ich nie wieder etwas von diesem Problem gehört. Er war ein guter Mann.«

Das mit dem guten Mann hatte Philip Marlowe doch schon einmal gehört. Er denkt sich, dass es gute Männer nur im Märchen gäbe, aber spricht dies natürlich nicht aus. Stattdessen wirft er einen Blick aus dem Fenster und fragt erstaunt: »Gehört der Deutsche Schäferhund dort unten zu diesem Haus?« Kylie Wesson antwortet: »Ja, der Hund – er heißt Danger – gehört meiner Schwägerin.«

Mitten ins Herz, Glücksspiel ... Auch bei diesem Rätsel kommt das Herz vor, und die Spielkartenfarben lassen sich mit dem Glücksspiel in Verbindung bringen, nicht wahr? Für welche Ziffern stehen die vier Symbole?

♥♠ + ♥♣ = ♣♦

♠♣ – ♥♥ = ♣♥

♦ × ♠ = ♥♦

♦♦ : ♦ = ♥♥

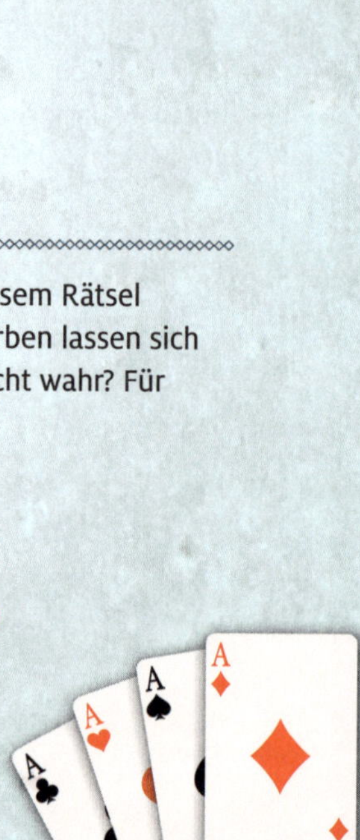

Der leichte Schlaf

»Ganz bestimmt nicht, Mr. Marlowe, der Hund hat in jener Nacht nicht gebellt und schon gar nicht laut. Wissen Sie, wenn er bellt, dann wache ich davon auf – ich habe einen sehr leichten Schlaf.« Diese Worte stammen vom Nachbarn der Monroes, einem ältlichen Herrn Namens Bennett. Philip Marlowe hat ihn nach der Besichtigung des Tatorts aufgesucht und befragt.

Die Antwort des Nachbarn hat er fast schon erwartet, und sie kommt ihm doch merkwürdig vor: »Ein Wachhund, der das Maul hält, wenn gleichzeitig ins Haus eingebrochen wird?«

Er fragt den Nachbarn weiter: »Dann sind Sie doch sicher von dem Schuss aufgewacht?« Mr. Bennett antwortet: »Wovon ich aufgewacht bin, weiß ich nicht. Aber gegen drei Uhr nachts hat mich irgendetwas aufgeschreckt. Es könnte ein Schuss gewesen sein. Es hat ewig gedauert, bis ich wieder einschlafen konnte.«

»Aber dann haben Sie nichts weiter gehört?«, will Philip Marlowe wissen. »Nein, nichts. Es war alles ganz still«, erwidert der Nachbar mit dem leichten Schlaf. Der Detektiv hat genug gehört und begibt sich zurück in das Haus der Monroes.

Ja, es war ein Schuss, der die Nacht durchbrach und den netten Nachbarn Mr. Bennett weckte. Welcher dieser Bruchteile wird nicht benötigt, um das Wort SHOT zu bilden?

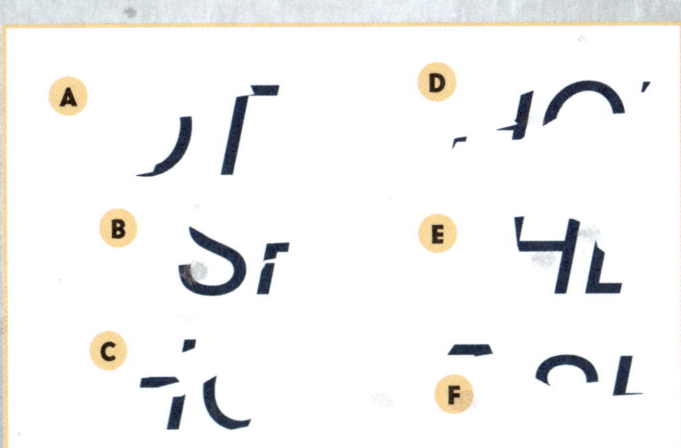

Der verschlossene Safe

Evelyn Monroe hat sich inzwischen hingelegt und wieder eine Schlaftablette eingenommen. »Es ist besser so«, kommentiert ihre Schwägerin. »Sie ist nur einen Inch von einem Nervenzusammenbruch entfernt.« Philip Marlowe nickt zustimmend. Dann fragt er Kylie Wesson: »Gibt es im Haus einen Safe?« Die Schwester antwortet: »Ja, er befindet sich ebenfalls im Arbeitszimmer meines Bruders. Die Tür ist durch ein Gemälde verdeckt.« »Ein richtiger Einbrecher sollte so ein Versteck aber finden«, murmelt der Detektiv. »Zeigen Sie mir den Safe!«, fordert er Mrs. Wesson auf.

Kylie Wesson führt Philip Marlowe zu dem Safe. Wie der Detektiv es schon erwartet hat: Der Safe ist verschlossen. »Kennen Sie den Code für den Safe?«, fragt er die Schwester des Toten. »Ja«, antwortet sie. »Ich werde den Safe öffnen, nur einen Moment.«

Als die Tür des Safes offensteht, erstarrt Kylie Wesson verblüfft. »Waren Wertsachen darin?«, fragt Philip Marlowe. Die Schwester des Ermordeten erwidert: »Nein, keine Wertsachen. Aber in dem Safe sollten eigentlich wichtige Dokumente sein. Alles, was mit den persönlichen Finanzen von David und Evelyn zu tun hat. Kann sein, dass David vor seinem Tod aufgeräumt hat. Ich weiß es nicht.«

Folgen Sie der Logik der ersten vier Reihen und schreiben Sie den Code für den Safe in die farbig hervorgehobene unterste Reihe.

2	8	1	4	4	2
2	4	4	1	6	5
5	6	1	4	7	0
0	7	4	1	4	8

In der Bar

Philip Marlowe will mehr über David Monroe erfahren. Von Kylie Wesson lässt er sich den Namen von dessen Stammkneipe mitteilen. Das passt ihm gut, denn er hat große Lust auf ein, zwei Drinks. In der Stammkneipe wendet sich der Detektiv an den Barkeeper Joe: »Einen doppelten Whiskey. Und eine Auskunft.«

Nachdem Joe den Whiskey gebracht hat, lässt er sich über den Ermordeten ausquetschen. »Vor zwei Abenden war David hier. Er traf sich mit einem übel aussehenden Typen. Es sah nach Ärger aus.« Philip Marlowe fragt: »Können Sie den Typen beschreiben?« Der Barkeeper erwidert: »Oh ja, der war nicht zu übersehen. Mindestens zwei Meter groß, kaputte Nase, eine tiefe Narbe auf der linken Wange.«

Marlowe muss nicht lange in seinem Gedächtnis kramen. Die Beschreibung passt perfekt auf Tom Brown, einen Geldeintreiber für das organisierte Verbrechen. »Vielleicht war ja doch alles ganz anders«, denkt Philip Marlowe laut. Er gibt Joe ein großzügiges Trinkgeld und zieht weiter zum »Lucky Dice«.

Folgen Sie Philip Marlowe zum „Lucky Dice“, dem „Glückswürfel“. Aber stecken Sie lieber eine Knarre ein, denn dort verkehrt die Unterwelt von L.A. Den Weg zum „Lucky Dice“ zeichnen Sie in das Raster ein. Er führt von links oben nach rechts unten. Die Zahlen an den Rändern geben an, wie viele Felder in der jeweiligen Reihe oder Spalte zu schwärzen sind. Start und Ziel sind bereits vorgegeben. Der Weg darf sich an keiner Stelle selbst berühren, auch nicht diagonal.

									8
									3
									6
									1
									1
									2
									2
1	1	3	1	3	1	5	4	4	

Der Mann mit der Narbe

Das »Lucky Dice« befindet sich in einer der zwielichtigsten Ecken von L.A. Es ist eine Spielhölle, die nur diejenigen Leute anzieht, die ganz unten angekommen sind. Tom Brown sitzt mit einer ältlichen Nutte in einer schummrigen Ecke und lässt billigen, aber kostspieligen Sekt in seine Kehle laufen. Philip Marlowe setzt sich wortlos zu dem unangenehmen Pärchen an den Tisch. Tom Brown erkennt Marlowe sofort und gibt seiner käuflichen Begleitung ein Zeichen zu verschwinden.

Der Detektiv kommt gleich zur Sache: »Es geht um Mord, Tom.« »So?«, gibt Tom Brown streitlustig zurück. »Ich weiß nichts von einem Mord. Wen hat man denn um die Ecke gebracht?« Marlowe antwortet: »David Monroe.« In Tom Browns Kopf beginnt es zu rattern. Nach einer langen Weile sagt er: »Ja, den kenn ich, und ich hab ihm auch schon auf die Backen gehauen. Aber ermordet hab ich ihn nicht. Der schuldet uns nämlich Geld. Und das werden wir von einem Toten nicht mehr bekommen.«

Philip Marlowe kann dieser Logik folgen. Er will wissen: »Wie kamen denn die Schulden zustande? Glücksspiel?« Tom Brown nickt und antwortet: »Ja, der Typ war ein Spieler, der sich nicht im Griff hatte. Erst nahm er Schulden bei der Bank auf. Dann bei uns. Großer Fehler! Kann es vielleicht sein, dass sich dieser Monroe selbst abgemurkst hat, damit die Versicherung Geld locker macht?« »Ein interessanter Gedanke«, meint Marlowe.

Philip Marlowe lässt sich von Tom Brown die Schuldenliste von David Monroe zeigen. Der Ermordete versuchte hin und wieder etwas zurückzuzahlen. Aber der Schuldenberg wuchs immer weiter. „So viel Geld – einfach verspielt“, grummelt der Detektiv. Führen Sie die Schuldenliste mit zwei weiteren Beträgen logisch fort.

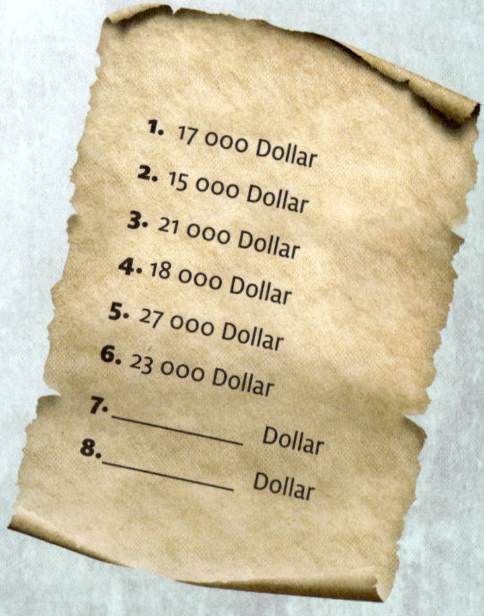

1. 17 000 Dollar
2. 15 000 Dollar
3. 21 000 Dollar
4. 18 000 Dollar
5. 27 000 Dollar
6. 23 000 Dollar
7. ____________ Dollar
8. ____________ Dollar

Schlaftabletten

Als Philip Marlowe zum Haus der Monroes zurückkehrt, lässt er sich von Kylie Wesson ins Schlafzimmer der Witwe führen. Evelyn Monroe schläft wie eine Tote. Die Schwägerin meint: »Sie hat schon wieder eine Schlaftablette eingenommen.« Der Detektiv betrachtet nachdenklich die Schlaftablettenpackung auf dem Nachttisch. Er sagt: »Ich fürchte, es war nicht nur eine. Rufen Sie den Notarzt und beeilen Sie sich!«

Es dauert zwanzig Minuten, bis die Sirene des Krankenwagens vor dem Haus ertönt und die Sanitäter zu Evelyn Monroe eilen. Philip Marlowe und Kylie hatten versucht, sie wachzubekommen, aber keine Chance. Doch wie der Notarzt feststellt, hat sie noch schwache Lebenszeichen.

Dann, einige Stunden später, kommt telefonisch die Entwarnung. Die Klinik habe Kylie Wesson angerufen. Man habe der Witwe den Magen ausgepumpt. Am nächsten Tag wäre sie wieder ansprechbar. Philip Marlowe überlegt: »Ist das jetzt gut oder schlecht?« Er beschließt, heute nicht mehr über den Fall nachzudenken, und sich stattdessen einen guten Whiskey und einige Zigaretten zu genehmigen.

Hier sehen Sie einen Blister Schlaftabletten. Vorhandene Tabletten werden durch eine 1 dargestellt, fehlende Tabletten durch eine 0. Füllen Sie die leeren Felder so aus, dass sich in jeder Reihe und Spalte die gleiche Anzahl an Nullen und Einsen befindet. In einer Reihe dürfen nicht mehr als zwei gleiche Zahlen nebeneinanderstehen. Die Ziffernfolgen der Reihen und Spalten kommen jeweils nur einmal vor.

1				0
0		0		
1	0			
		0	1	0
	1	1		

Ein Mann, ein Mord

Am nächsten Tag kauft Marlowe einen Blumenstrauß. Dann fährt er zum städtischen Krankenhaus, um Evelyn Monroe zu besuchen. Diese ist noch schwach, aber nicht mehr gefährdet. Also konfrontiert Marlowe sie mit seinen Entdeckungen. »Ihr Mann war spielsüchtig – immer noch«, sagt er direkt heraus und beobachtet ihre Reaktion genau.

Evelyn Monroe kann seinen Blicken nicht standhalten und bricht in Tränen aus: »Ich wollte es beenden … die vielen Schulden … Ich konnte nicht mehr ertragen, wie David sein Leben, unser Leben zerstört!« Sie gesteht, wie sie ihren Mann in einer Verzweiflungstat erschossen hat und den Einbruch inszenierte, um keinen Verdacht auf sich selbst zu lenken. Außerdem war sie es, die die möglicherweise verräterischen Dokumente zur Spielsucht ihres Mannes aus dem Safe entfernt und verbrannt hat. Damit sagt sie Philip Marlowe nichts Neues, denn ihm war der Fall so ziemlich von vornherein klar.

Natürlich muss er die Sache der Polizei melden. Aber zuerst nimmt er vor dem Krankenhaus einen tiefen Zug aus seiner Zigarette. »Dieser David hat buchstäblich sein Leben verspielt«, sagt er vor sich hin. »Und die Freiheit seiner tollen Frau noch dazu. Schade um die hübsche Braut. Bleibt noch ihre Schwägerin Kylie Wesson. Werde ihr sicher bald nochmal einen Besuch abstatten. Mal sehen, was sich da so ergibt.«

Noch am gleichen Tag wird Evelyn Monroe als mutmaßliche Mörderin ins Gefängniskrankenhaus verlegt und rund um die Uhr bewacht. Die Zellen im Frauenknast sind unterschiedlich groß. Evelyn Monroe wird bevorzugt behandelt und erhält die größte Zelle. Zeichnen Sie die Wände der rechteckigen Zellen so ein, dass jede Zelle genau eine Zahl enthält, welche die Summe aus Breite und Höhe der Zelle repräsentiert. Beispiel: Eine vier Felder breite und zwei Felder hohe Zelle würde die Summe 6 ergeben.

3				5	
	7				
				5	
			5		

CHARLIE CHAN

Charlie Chan: Die Logik der Detektivarbeit mit fernöstlichen Weisheiten

Charlie Chan ist eine vom amerikanischen Schriftsteller Earl Derr Biggers erfundene Detektivfigur, die in sechs Romanen und zahlreichen Filmen vorkommt. Chan wurde erstmals 1925 in Biggers Roman „The House without a Key" eingeführt, wobei Biggers von der wahren Geschichte eines chinesisch-hawaiianischen Polizeibeamten namens Chang Apana inspiriert worden war.

Seine Schöpfung, Charlie Chan, ist ein hochintelligenter und scharfsinniger Detektiv, der bei der Polizei von Honolulu arbeitet. Er ist bekannt für seine Weisheit, sein scharfes Auge für Details und seinen unnachahmlichen subtilen Humor, der oft in Form von aphoristischen Sprüchen wie „Manchmal Maus wichtiger ist als ganze Elefant" zum Ausdruck kommt. Diese „fernöstlichen" Weisheiten, die der stets höfliche und gefasste Chan zum Besten gibt, entwickelten sich in den Filmen zum obligatorischen Running Gag. Daneben gesellen sich wiederkehrende Standard-Aussprüche wie „Thank you so much!" („Danke sehr vielmals!") und „Contradiction, please!" („Widerspruch, bitte!").

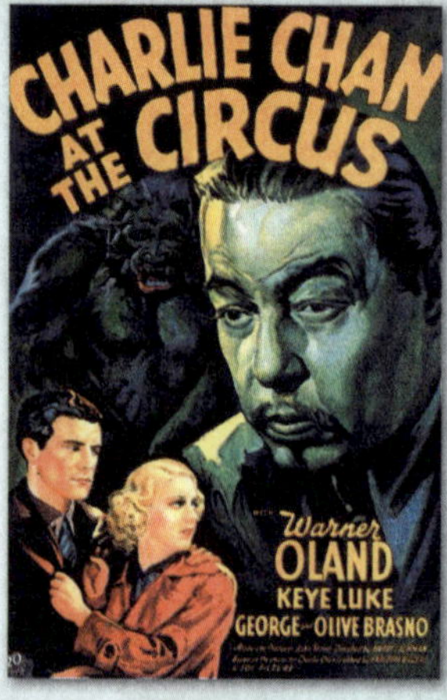

Die Popularität der Charlie-Chan-Romane führte zu einer Reihe von Filmen. Tatsächlich wurde Chan in etwa 50 Filmen dargestellt und erreichte seinen größten Ruhm in den 1930er- und 1940er-Jahren. Die bekanntesten Darsteller waren Warner Oland, ein aus

Schweden stammender Schauspieler, der den Detektiv in 16 Filmen von 1931 bis 1937 spielte, gefolgt von Sidney Toler, der die Rolle bis zu seinem Tod 1947 weiterführte und in 22 Filmen auftrat. Auch in späteren Jahren gab es noch Filme und Parodien um den Detektiv, am bekanntesten ist wahrscheinlich Peter Sellers Darstellung des Sidney Wang in der Komödie „Eine Leiche zum Dessert“ (1976).

Die Filme und Romane zeigen eine Reihe von wiederkehrenden Charakteren, einschließlich Chans „Sohn Nummer 1“ Lee Chan (dargestellt von Keye Luke) und ab 1938 „Sohn Nummer 2“ Jimmy Chan (Victor Sen Yung), die ungestüm und oft tollpatschig bei den Ermittlungen ihres Vaters assistieren und mit teils sarkastischen Kommentaren wie „Das war flüssiger als Wasser, nämlich überflüssig“ bedacht werden. Die Geschichten sind komplex und voller Wendungen, wobei Chan seine Fälle oft mit überraschenden enthüllenden Schlussfolgerungen löst.

WISSENSQUIZ

1. Welcher Schauspieler stellte Charlie Chan in den Filmen am häufigsten dar?

A Warner Oland
B Sidney Toler
C Peter Ustinov
D Roland Winters

2. Wer ist der Autor der Charlie-Chan-Romane?

A Earl Derr Biggers
B Louis L'Amour
C Raymond Chandler
D Dashiell Hammett

3. In welchem Jahr wurde der erste Charlie-Chan-Film mit Warner Oland als Charlie Chan veröffentlicht?

A 1919
B 1925
C 1931
D 1936

4. Wie viele Kinder hat Charlie Chan?

A Zwei
B Drei
C Vier
D Zwölf

5. In welcher Stadt arbeitet Charlie Chan als Polizeiermittler?

A Peking
B San Francisco
C Honolulu
D Los Angeles

6. Wie heißt in den Filmen Charlie Chans ältester Sohn?

A Jimmy
B Eddie
C David
D Lee

7. Welche von den folgenden Formulierungen ist ein typisches Zitat von Charlie Chan?

A „Elementar, mein lieber Watson!“

B „Die Wahrheit ist irgendwo da draußen.“

C „Verstand ist wie ein Fallschirm – er funktioniert nur geöffnet.“

D „Es ist nicht alles Gold, was glänzt.“

8. Wer spielte Charlie Chan in einer Neuverfilmung von 1981?

A Peter Ustinov

B Sidney Toler

C Warner Oland

D Roland Winters

9. Welcher Schauspieler, bekannt für seine Rolle als Charlie Chan, starb 1938 während der Produktion von „Charlie Chan at the Ringside"?

A Keye Luke

B Sidney Toler

C Roland Winters

D Warner Oland

10. In welchem Charlie-Chan-Film mit Warner Oland wirkt der Frankenstein-Darsteller Boris Karloff mit?

A „Charlie Chan im Wachsfigurenkabinett“

B „Charlie Chans Geheimnis“

C „Charlie Chan in der Oper“

D „Charlie Chan am Broadway“

Mord in besseren Kreisen

Ein Sergeant ruft an

Es ist ein lauer, ruhiger Abend in Honolulu, der Hauptstadt von Hawaii. Charlie Chan isst gerade mit seiner großen Familie zu Abend, als ihn ein Anruf des Polizeireviers erreicht. »Inspektor Chan, hier spricht Sergeant Lee«, meldet sich eine Stimme. »Wir haben einen Mordfall in der Villa der Billings. Sie werden dringend am Tatort erwartet.« Charlie Chan sagt zu, rasch zu kommen und beendet das Telefonat mit den Worten: »Danke sehr vielmals!«

Chans ältester Sohn meint empört: »Aber du wirst doch noch fertigessen können!« Doch Charlie Chan gibt zurück: »Tote Menschen sind ungeduldig – genau wie Sohn Nummer 1.« Der Inspektor erhebt sich von der reichlich gedeckten Tafel, verneigt sich vor seiner Familie und lässt sich zu der Adresse fahren, die ihm genannt worden war.

Dort wird er vom Sergeant bereits erwartet. Dieser gibt dem Inspektor weitere Informationen: »Jonathan Billing war das Familienoberhaupt. Er ist mit Immobiliengeschäften in ganz Hawaii steinreich geworden.« »Kluger Mann baut Haus auf Felsen«, meint Charlie Chan. Der Inspektor lässt sich von Sergeant Lee in die palastartige Villa der Billings führen, die im gleißenden Mondlicht fast gespenstisch wirkt.

Charlie Chan und seine Frau haben zusammen zwölf Kinder. An einer Seite des großen Esstischs sitzen Sohn Nummer 2, 4, 5 und 7. Aber wer sitzt wo?

11. Das Lieblingsessen des jüngsten dieser vier Söhne ist »Pekingente«, sein Lieblingsfach ist nicht Sport.

12. Der Sohn, der ganz links sitzt, hat weder Mathe noch Musik als Lieblingsfach.

13. Sohn Nummer 4 mag am liebsten Pizza.

14. Der Sohn mit dem Lieblingsessen »Gebratene Nudeln« sitzt nicht neben dem Sohn der »Pekingente« mag.

15. Weder der jüngste noch der älteste dieser vier Söhne sitzt ganz links.

16. Der älteste dieser vier Söhne hat das Lieblingsfach Mathe.

17. Der Sohn, der ganz links sitzt, hat nicht Pizza als Lieblingsessen.

18. Der Sohn, der am liebsten Pizza isst, hat Geografie als Lieblingsfach.

19. Der Sohn mit dem Lieblingsfach Geografie sitzt zwischen den Söhnen mit den Lieblingsfächern Mathe und Musik.

20. Der älteste Sohn dieser vier Söhne sitzt nicht ganz rechts.

21. Der Sohn mit dem Lieblingsessen »Gebratene Nudeln« sitzt rechts neben dem Sohn mit dem Lieblingsessen »Steak«.

Nummer des Sohnes				
Lieblingsessen				
Lieblingsfach				

Mitten ins Herz

Charlie Chan betritt den Tatort, das Herrenzimmer, mit einer neugierigen Miene und sieht, wie die Männer und Frauen der Spurensicherung eifrig ihre Arbeit erledigen. Seine wachen Augen gleiten langsam über die Szene, dann bleibt sein Blick am Leichnam des Hausherrn Jonathan Billing hängen. Dieser liegt mit dem Rücken auf dem Boden. Ein Messer ragt aus seiner Brust. Der Gesichtsausdruck des Toten wirkt überrascht und gerade so, als habe der Ermordete noch etwas sagen wollen. Leise murmelt Charlie Chan vor sich hin: »Tote Worte sagen viel, wenn man ganz leise zuhört.«

Der Gerichtsmediziner kommt auf Charlie Chan zu, begrüßt ihn und sagt: »Danke, dass Sie so schnell kommen konnten!« Charlie Chan nickt und erwidert: »Zeit wartet nicht auf Polizisten, der Antworten sucht. Können Sie mir schon etwas über den Mord sagen?« Der Gerichtsmediziner antwortet: »Ein Stich mitten ins Herz, vermutlich von einem Rechtshänder ausgeführt. Der Täter war etwas größer als der Tote.«

Charlie Chan wirft ein: »Oder die Täterin?« Daraufhin meint der Gerichtsmediziner: »Sehr unwahrscheinlich! Das Messer wurde mit großer Kraft in die Brust des Opfers gestoßen.«

Der Gerichtsmediziner führt Charlie Chan vor, wie das Messer in verschiedenen Winkeln geführt worden sein könnte. Welcher Winkel folgt als Nächster: A, B oder C?

?

A B C

Von Stiefeln und Gläsern

»Konnten Sie schon etwas feststellen?«, fragt Sergeant Lee seinen Vorgesetzten. »Es gibt nur wenige Spuren.« Charlie Chan erwidert: »Wenige Spuren können den richtigen Weg oft besser weisen als viele Spuren.« Sergeant Lee sagt: »Der Täter ist wohl heimlich durch den Garten gekommen und durch dieses geöffnete Fenster in das Herrenzimmer geklettert. Dort hat er Jonathan Billing überrascht und sofort erstochen. Es gibt keine Spuren eines Kampfes.« »Wurden denn vor dem Fenster und im Garten Spuren gefunden?«, will der Polizeidetektiv wissen. »Ja«, antwortet der Sergeant, »frische Spuren von großen Gummistiefeln. Und im Herrenzimmer haben wir ebenfalls einige Stiefelabdrücke gefunden.«

Charlie Chan nimmt die Stiefelabdrücke sofort in Augenschein. Dann überlegt er, wann es eigentlich zum letzten Mal geregnet hat. War es gestern oder vorgestern? Merkwürdig erscheint es ihm, dass insgesamt nur zwanzig Stiefelabdrücke im Herrenzimmer zu sehen sind: zehn, die zum Leichnam führen und zehn, die zum Fenster zurückführen. Stimmt die Theorie des Sergeant, so wäre der Angreifer vom Fenster aus direkt auf den Hausherren zugestürmt und hätte ihn erstochen.

Nun fällt Charlie Chans Blick auf drei Weingläser in einer Vitrine. Dem Inspektor fällt auf, dass die Weingläser nicht sonderlich gut gereinigt und auf eine sehr unordentliche, hastige Weise in die Vitrine geräumt wurden. »Altes Sprichwort sagt, im Wein ist Wahrheit. Aber manchmal ist Wahrheit auch in leerem Glas«, stellt Charlie Chan fest.

In die Stiefelabdrücke werden Zahlen eingefügt. Welche Zahlen gehören in die beiden letzten Abdrücke?

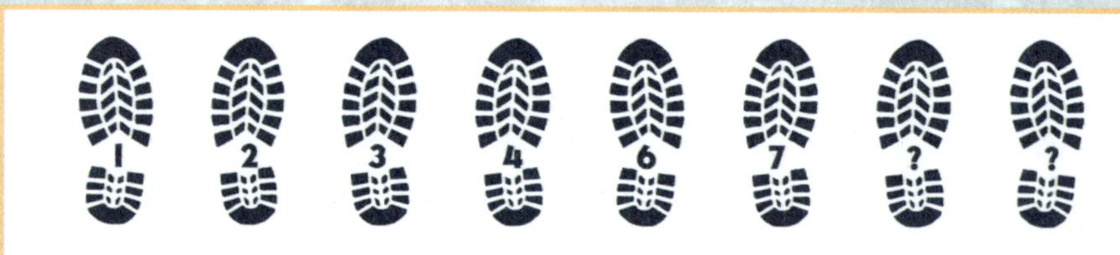

Verborgene Spur

Charlie Chan schickt den Sergeant los, nach Stiefeln Ausschau zu halten, die zu den Abdrücken im Garten und im Herrenzimmer passen. Dieser flitzt sofort los. Der Sarg mit dem Leichnam von Jonathan Billing wird unter zahlreichen Tränen der Familie aus dem Haus getragen. Dem Inspektor fällt noch auf: Als der Leichnam in den Sarg gehoben wird, wird unter seinem Körper ein kleiner Gegenstand sichtbar. Er hebt ihn mit einer Pinzette auf und sichert ihn in einem Papiertütchen. »Verborgene Spuren sprechen oft die klarsten Worte«, gibt er dabei von sich.

»Keine Fingerabdrücke?«, versichert sich Charlie Chan bei einer Mitarbeiterin der Spurensicherung. »Nein, nichts«, antwortet diese. »Es war wohl ein Profi am Werk. Der Täter muss Handschuhe getragen haben.« »Ein Profi, ja«, erwidert Charlie Chan, »aber es fragt sich: Ein Profi für was?« Beginge ein Profi einen Mord mit einem Messer? »Ach bitte«, wendet er sich noch einmal an die Frau von der Spurensicherung: »Untersuchen Sie doch auch diese drei Weingläser, die in dieser Vitrine stehen. Vielleicht können wir feststellen, wer zuletzt aus ihnen getrunken hat? Danke sehr vielmals.«

Was findet Charlie Chan, als der Leichnam weggetragen wird? Machen Sie es in diesem Raster sichtbar! Die Zahlen an den Rändern geben an, wie viele Felder aus dieser Richtung geschwärzt werden müssen, wobei die ersten oder letzten Felder auch frei bleiben können. Stehen mehrere Zahlen am Rand, bedeutet dies, dass es mehrere geschwärzte Bereiche mit mindestens einem freien Feld dazwischen gibt.

					3	4			4	3		
			4	8	3	4	10	10	4	3	8	4
		4										
		8										
		8										
		10										
2	2	2										
2	2	2										
		10										
		8										
		8										
		4										

Die Familie des Opfers

Nun stellt sich Charlie Chan der trauernden Familie des Opfers vor, die im Wohnzimmer der Villa versammelt ist: Mrs. Billing bereits in Schwarz gehüllt, ihre Augen rot vom Weinen. Dann die erwachsenen Söhne Andrew und Benjamin, die etwas beiseite stehen und gefasst wirken möchten. Sowie die fünfzehnjährige Tochter Minnie, die nervös an ihrem Taschentuch zupft.

»Wann haben Sie Ihren Mann zuletzt gesehen?«, wendet sich Charlie Chan an die Witwe. »Es war beim Abendessen«, antwortet sie schluchzend. »Danach habe ich mich gleich hingelegt. Ich hatte starke Kopfschmerzen.« »Danke sehr vielmals«, sagt Charlie Chan.

Dann wendet er sich an die drei Nachkommen des Opfers: »Waren Sie letzten Abend ebenfalls im Haus?« Minnie platzt als Erste heraus: »Ich war mit Freunden im Kino, im neuen Film mit Humphrey Bogart.« Andrew antwortet für seinen Bruder mit: »Benjamin und ich haben nach der Arbeit noch einen langen Spaziergang unternommen, um über das Geschäft zu sprechen. Wir sind – wie Minnie – erst nach Hause gekommen, als die Polizei schon vor Ort war.« Auch bei den Kindern bedankt sich Charlie Chan mit einer Verbeugung: »Danke sehr vielmals.«

Andrew ist drei Jahre älter als Benjamin. Die Mutter ist doppelt so alt wie Benjamin. Vor zehn Jahren war die Mutter dreimal älter als Benjamin. Wie alt ist Andrew?

Gespräch unter vier Augen

Den Kindern wird es gestattet, sich zurückzuziehen. Charlie Chan bittet aber Mrs. Billing noch um ein Gespräch unter vier Augen. »Haben Sie denn in diesem großen Anwesen keine Bediensteten?«, fragt Charlie Chan staunend. Mrs. Billing antwortet: »Nun, doch. Dreimal pro Woche kommt eine Frau, die mir beim Reinigen des Hauses hilft. Alle anderen Arbeiten erledige ich aber selbst. Wissen Sie, ich komme aus einfachen Verhältnissen und habe gelernt, was Arbeit heißt.«

Charlie Chan hat noch eine Frage: »Als Sie nach dem Abendessen zu Bett gingen, haben Sie da noch etwas gehört?«

Mrs. Billing erwidert: »Nein, gar nichts. Unser Schlafgemach liegt im anderen Flügel der Villa, die Wände sind massiv, die Türen aus dickem Eichenholz. Wie hätte ich etwas hören sollen?« Das sieht Charlie Chan ein. Er bedankt sich und zieht sich zurück.

Inzwischen ist Sergeant Lee von seiner Mission zurückgekehrt, Stiefel aufzuspüren, die zu den Abdrücken passen. Dabei war er jedoch erfolglos. Charlie Chan gibt ihm eine andere Anweisung: »Finden Sie doch einmal heraus, ob der Ermordete ein Testament verfasst hat. Ist ein Mann sehr reich, fällt seinen Erben das Warten oft schwer.«

Beteiligen Sie sich bei der Suche nach einem Testament des Ermordeten. Das Wort TESTAMENT kann in diesem Wirrwarr aus Buchstaben nur einmal kreuz und quer – aber in der richtigen Reihenfolge – gelesen werden. Wo?

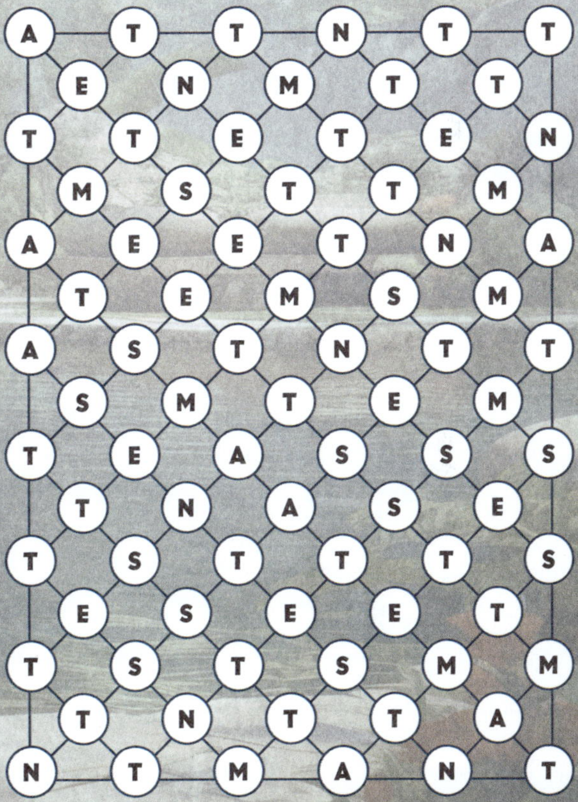

Eine Änderung

»Es gibt ein Testament«, teilt Sergeant Lee am nächsten Tag im Polizeirevier seinem Vorgesetzten mit. Er überreicht ihm eine Visitenkarte mit einer Adresse und sagt dazu: »Dort erhalten Sie nähere Informationen zu dem Testament. Oder soll ich hingehen?« Charlie Chan antwortet prompt: »Danke sehr vielmals. Ich werde die Adresse selbst aufsuchen. Denn das Testament kann der Schlüssel sein, der die Tür zur Lösung des Falles öffnet.«

Also ruft Charlie Chan kurz bei der Adresse an, um seinen Besuch vorab anzukündigen. Dann lässt er sich von einem Fahrer hinbringen. Bereits nach einer halben Stunde erhält er äußerst erhellende Auskünfte.

»Ach! Erst vor zwei Tagen, sagen Sie?« Diese Frage stellt Charlie Chan einem Mann namens Will Coolidge. Er ist Notar und hat dem Inspektor soeben berichtet, dass Jonathan Billing erst vor zwei Tagen bei ihm war, um sein Testament zu ändern. Charlie Chan sinniert: »Papier ist sehr leicht. Aber die Entscheidungen, die es trägt, wiegen oft sehr schwer.«

Eine gewichtige Entscheidung gilt es auch bei diesem Rätsel zu treffen. Welche Gewichte gehören anstelle des Fragezeichens – A, B oder C?

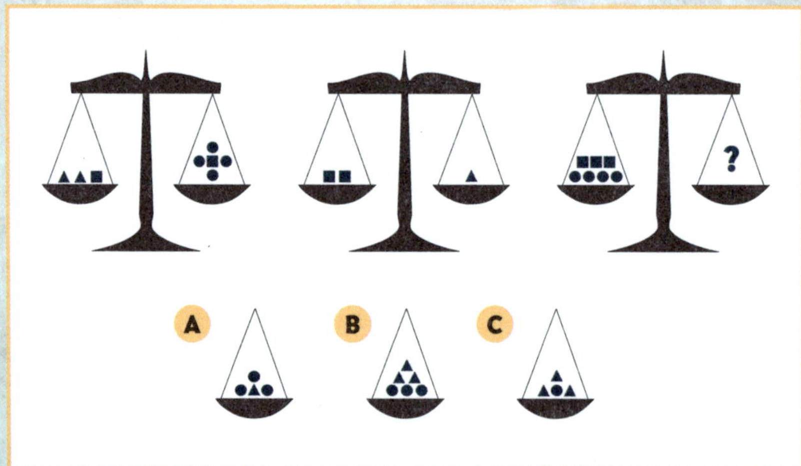

Das Testament

Charlie Chan möchte noch einmal mit allen Familienmitgliedern sprechen. Der Inspektor fragt: »Sie, Andrew, und Sie, Benjamin, betrachten sich als Erben des Unternehmens Ihres Vaters?« Diesmal antwortet Benjamin für sich und seinen Bruder: »Ja, Andrew und ich sind als Unternehmenserben vorgesehen. Das Testament unseres Vaters dürfte in Kürze veröffentlicht werden.«

Der Inspektor fixiert die beiden Söhne des Opfers mit einem durchdringenden Blick. Dann fragt er: »Wissen Sie nicht, dass Ihr Vater sein Testament zwei Tage vor seinem Tod geändert hat?« Mrs. Billing und ihrer Tochter Winnie bleibt der Mund offen stehen. In den Gesichtern der beiden Söhne beginnt es zu arbeiten. Schließlich kann sich Andrew nicht mehr beherrschen. Er steht auf und brüllt: »Nein, dieser Mistkerl! Er hat es also wirklich getan!« Benjamin versucht, ihn zu beruhigen.

Mrs. Billing will wissen: »Zu wessen Gunsten wurde das Testament denn geändert?« Charlie Chan antwortet: »Zu Gunsten einer Stiftung, die die Gewinne des Unternehmens an eine Wohltätigkeitsorganisation auszahlen wird.« Die ganze Familie schweigt betreten. Tiefe Wut, ja Hass spiegelt sich in einigen Gesichtern.

Welchen Wert – in US-Dollar – hat das Unternehmen, das nun wohltätigen Zwecken zugutekommen soll? Tragen Sie den Wert in die dritte Reihe dieses Rasters ein. Füllen Sie dazu die leeren Felder so aus, dass sich die Ziffern von 1 bis 8 in jeder Reihe genau einmal finden lassen. In jeder Spalte sollen die ersten drei Zahlen als Summe die Zahlen in der vierten Reihe ergeben. Gleiche Zahlen in angrenzenden Feldern sind nicht erlaubt.

5	1	4		3			6
7				4		1	2
		4		7	2		5
20	10	13	11	14	16	11	13

Die offene Wahrheit

Charlie Chan spricht weiter zu der Familie: »Ja, Jonathan Billing hat seine beiden Söhne kurz vor seinem gewaltsamen Tod enterbt.« An Andrew und Benjamin gewandt, sagt er: »Sie beide wussten, dass Ihr Vater plante, das Testament zu Ihren Ungunsten zu verändern. Sie ermordeten ihn, um seinem Vorhaben zuvorzukommen.«

Andrew verteidigt sich: »Ja, wir wussten, dass unser Vater uns enterben wollte. Wegen unserer unwürdigen Lebensweise, wie er sagte. Aber einen Mord können Sie uns nicht nachweisen!« Charlie Chan erwidert gelassen: »Sie beide haben mit Ihrem Vater im Herrenzimmer Wein getrunken. Unter dem Vorwand, sich mit ihm aussprechen zu wollen, haben Sie sich an jenem Abend verabredet. Wir haben Ihre Fingerabdrücke auf den Weingläsern! Um den Vater zu erstechen, haben Sie dann Handschuhe angezogen. Sie, Mr. Benjamin Billing, haben am Tatort einen Knopf verloren – er lag unter der Leiche. Wir haben das Hemd, dem der Knopf fehlt, bereits in Ihrem Kleiderschrank gefunden.«

Mrs. Billing wirft ein: »Aber die Stiefelabdrücke, das geöffnete Fenster!« Charlie Chan meint: »Wir sollten auf eine falsche Fährte gelockt werden. Aber Wahrheit ist wie Öl – sie kommt immer an die Oberfläche.« Benjamin nickt stumm und bricht in Tränen aus, Andrew stimmt in das Geheul ein. Das Geständnis ist auch wortlos klar und deutlich. Tatsächlich erfolgt es dann später im Büro der Polizeireviers.

Sergeant Lee beglückwünscht seinen Vorgesetzten zur Lösung des Falles. Aber eine Frage hat er noch: »Wo sind denn nun die Stiefel, mit denen der Mord einer unbekannten Person zugeschustert werden sollte?« Charlie Chan zuckt die Schulter: »Ich weiß es nicht. Aber wir brauchen nicht mehr Beweise, wenn wir mitteilsame Tränen der Täter haben.«

Ein Fingerabdruck unterscheidet sich in einem winzigen Detail von den anderen beiden. Aber welcher?

A

B

C

MAIGRET

Maigret: Der Kommissar, der das Verbrechen versteht

Maigret ist die mit Abstand bekannteste literarische Schöpfung des belgischen Schriftstellers Georges Simenon. Diese Figur, die in den 1930er-Jahren geschaffen wurde, steht im Mittelpunkt von 75 Romanen und 28 Kurzgeschichten, die zwischen 1931 und 1972 veröffentlicht wurden.

Kommissar Jules Maigret ist ein hochrangiger Beamter der französischen Kriminalpolizei, der in vielen verschiedenen französischen Städten und Regionen, aber vor allem in Paris, tätig ist. Maigret ist für seinen unkonventionellen, psychologischen Ansatz bekannt. Er taucht tief in das persönliche Leben seiner Verdächtigen ein und versucht, deren Motive zu verstehen, anstatt sich auf physische Beweise zu verlassen. Er wird oft als ruhig und nachdenklich dargestellt, mit einer Vorliebe für gutes Essen, Pfeife, Mantel und Hut.

Im Laufe der Jahre wurde Maigret von verschiedenen Schauspielern sowohl in Filmen als auch im Fernsehen dargestellt. Der erste Maigret-Darsteller war Pierre Renoir, der den Kommissar

1932 in der Verfilmung von „Maigrets Nacht an der Kreuzung" („La nuit du carrefour") spielte. Zwischen 1958 und 1963 spielte der berühmte französische Charakterdarsteller Jean Gabin die Hauptrolle in drei Maigret-Verfilmungen. Der Film „Maigret" mit Gérard Depardieu aus dem Jahr 2022 basiert auf „Maigret und die junge Tote" („Maigret et la jeune morte"). Depardieus Darstellung hatte einen ernsthaften und düsteren Ton, der die dunkle Seite der Romane von Simenon betonte.

Rupert Davies machte in den 1960er-Jahren die Figur in der BBC-Serie „Maigret" populär. Seine Interpretation war gelassen und mitfühlend, mit besonderem Augenmerk auf die psychologischen Aspekte von Maigrets Ermittlungen. In Frankreich ist Jean Richard für seine Langzeitrolle als Maigret in der Fernsehserie „Les Enquêtes du commissaire Maigret", die von 1967 bis ins Jahr 1990 entstand, bekannt. Richard verkörperte den Kommissar auf eine eher volkstümliche Art und Weise, die den Charakter nahbar und sympathisch machte. Ihm folgte von 1991 bis 2005 Bruno Cremer in der Serie „Maigret".

WISSENSQUIZ

1. In welchem Land wurde der Autor der Maigret-Romane geboren?

A Frankreich
B Schweiz
C Belgien
D Luxemburg

2. In welcher Stadt arbeitet Kommissar Maigret hauptsächlich?

A London
B Paris
C Brüssel
D Lüttich

3. Was ist Maigrets populäres Markenzeichen?

A Seine Brille
B Sein Hut
C Seine Pfeife
D Sein Mantel

4. Wie lautet Maigrets Vorname?

A Pierre
B George
C Jean
D Jules

5. Welcher berühmte französische Schauspieler spielte Maigret in drei Filmen zwischen 1958 und 1963?

A Michel Simon
B Jean Gabin
C Lino Ventura
D Jean-Paul Belmondo

6. Welcher Schauspieler spielte Maigret in der britischen Fernsehserie aus den 1960er-Jahren?

A Rupert Davies
B Bruno Cremer
C Michael Gambon
D Rowan Atkinson

Maigret und der blaue Papagei

Gefiederter Zeuge

Kommissar Maigret steht vor einem verlassenen Lagerhaus am Hafen an der Seine. Die Morgensonne wirft lange Schatten durch die zerbrochenen Fenster. Auf dem Boden vor dem Lagerhaus liegt der Körper eines Mannes, elegant gekleidet, eine klaffende Wunde an seiner zertrümmerten Schläfe.

»Mit wem haben wir es hier zu tun, Leroux?«, fragt Maigret seinen Assistenten. Leroux blickt auf seine Notizen. »Das Opfer heißt Jean-Pierre Gauthier, er war ein bekannter Geschäftsmann hier in der Gegend. Leider keine Zeugen.« »Die Wunde sieht aus, als wurde das Opfer mit einem harten Gegenstand niedergestreckt, richtig?«, sagt Kommissar Maigret. »Ja«, erwidert Leroux. »Dr. Dubois, der Gerichtsmediziner, vermutet, dass die Tatwaffe ein stumpfer metallener Gegenstand war.«

Maigret kniet sich hin und untersucht den Körper. Dann blickt er auf einen Käfig, der vor dem verlassenen Lagerhaus hängt. Darin hüpft ein blauer Papagei unruhig hin und her. »Und wer ist dieser kleine Kerl dort?«, will der Kommissar wissen »Tja, vielleicht gibt es doch einen Zeugen«, sagt Leroux. »Der Papagei gehört einem Clochard, der sich manchmal in diesem Lagerhaus verkriecht. Der Clochard selbst, ein Mann namens Pierrot, war zum Tatzeitpunkt allerdings unterwegs, um sich Schnaps zu beschaffen. Nur dieser gefiederte Freund war zur Tatzeit anwesend.« »Hm«, murmelt Maigret, »aber uns etwas sagen möchte der Papagei wohl leider nicht.«

»Die Todeswaffe lässt sich nicht auffinden, wahrscheinlich wurde sie in die Seine geworfen«, vermutet Kommissar Maigret. Leroux fällt auf: »Todeswaffe … MORT ARMENT – aus den Buchstaben lässt sich der Name eines bekannten Pariser Stadtbezirks bilden.«

Nun die Frage an Sie: Welcher Pariser Stadtbezirk ist gemeint?

Hinweis im Handschuhfach

»Was für einen Wagen hat das Opfer gefahren?«, erkundigt sich Kommissar Maigret bei seinem Assistenten, während der Tote auf einer Bahre fortgetragen wird. Leroux blickt in seinen Notizblock und gibt zur Antwort: »Einen weißen Renault Floride, flottes Fahrzeug!« »Wurde das Fahrzeug schon aufgefunden?« »Ja«, antwortet Leroux, »das Opfer hat hier ganz in der Nähe geparkt. Ich kann Sie zu dem Wagen führen, wenn Sie möchten.« In der Tat, das will Kommissar Maigret.

Den Autoschlüssel haben die Polizisten beim Toten gefunden. Mit diesem bewaffnet suchen Maigret und sein Assistent das Auto des Getöteten auf. Maigret öffnet die Beifahrertür und klappt das Handschuhfach auf, wobei er darauf achtet, keine möglichen Spuren zu verwischen. Im Handschuhfach findet der Kommissar einen maschinengeschriebenen Zettel, der zumindest einen ersten Anhaltspunkt liefert.

Triff mich heute Nacht am Hafen. Gewohnter Ort, gewohnte Zeit. Wir haben etwas zu klären!

L.

»Dieser L. könnte der Mörder sein«, mutmaßt der Assistent. »Es könnten aber auch Sie gemeint sein«, sagt Kommissar Maigret augenzwinkernd zu Leroux.

Das L ist der zwölfte Buchstabe und erhält deshalb einen Wert von 12. Mit welchen Buchstaben, die vor dem L stehen und ebenfalls den Wert haben, der ihrer Position im lateinischen Alphabet entspricht, kann die Summe 12 gebildet werden, wenn jeder Buchstabe innerhalb einer Gleichung nur einmal verwendet werden darf? Bilden Sie die möglichen Gleichungen!

Eine ängstliche Frau

Am Nachmittag klingelt im Büro des Kommissars das Telefon. »Maigret«, sagt er knapp. Eine weibliche, etwas zittrige Stimme meldet sich: »Hier spricht Madame … nun, ich will meinen Namen nicht nennen … ich …« Eine lange Pause tritt ein. »Ja, fahren Sie fort!«, fordert Maigret, unsicher, ob seine Gesprächspartnerin überhaupt noch am Apparat ist. Nun sagt die Frau am Telefon: »Ich glaube, ich weiß etwas über den Mord an Monsieur Gauthier.«

Maigret richtet sich in seinem Stuhl auf. »Können Sie ins Präsidium kommen?« Maigret könnte weitere Hinweise zu den Todesumständen dieses Geschäftsmanns nur zu gut gebrauchen. Aber die Frau zögert. »Ich … ich fürchte mich«, gesteht sie. »Nur keine Sorge, wir schützen Sie!«, versichert ihr der Kommissar. »Und Sie müssen uns nicht Ihren Namen nennen – zumindest noch nicht«, gesteht Maigret der Frau zu.

So kann der Kommissar die ängstliche Frau überreden, zu ihm ins Polizeipräsidium zu kommen. Da er nicht fortkann, aber Hunger hat, bestellt er sich etwas in der nahe gelegenen Brasserie, die ihn zu ihrer Stammkundschaft zählt: »Hier Kommissar Maigret aus dem Revier nebenan! Bringen Sie mir bitte ein paar Sandwiches und zwei Flaschen Bier in mein Büro.«

Kommissar Maigret lässt prüfen, ob sich herausfinden lässt, woher der Anruf der unbekannten Frau stammte. Doch da im Polizeirevier zur gleichen Zeit noch zwei weitere Telefonate stattfanden, ist dies nicht möglich. Zeichnen Sie die drei Telefonverbindungen so ein, dass jeweils die Zahlen von 1 bis 6 durch waagerecht und senkrecht verlaufende Linien verbunden werden. Jedes leere Feld soll dabei genau einmal durchquert werden.

3	2				1
		4	5		
1	5	4	4	3	
	6		5	2	
2		3	6	1	
		6			

Der Name

Maigret kaut gerade an dem letzten verbliebenen Sandwich, als ihm gemeldet wird, dass die von ihm erwartete Dame angekommen sei. Er lässt sie in sein Büro führen und schließt die Tür mit den Worten: »Keine Störungen, bitte!«

Die unbekannte Frau setzt sich zu Maigret an den Tisch. Ihr Gesicht ist mit einem Schleier verhüllt, und sie macht keine Anstalten, den Schleier zu lüften. Maigret bemerkt, dass die Hände der Frau zittern. Ja, diese Frau hat wirklich Angst, Todesangst, denkt sich Maigret.

Die Frau spricht nur leise: »Monsieur Gauthier hatte einen Feind, er hat jemanden betrogen. Schmutzige Geschäfte!« »Wie schmutzig«, fragt der Kommissar sanft. »Menschenschmuggel … Prostitution …« Kommissar Maigret nickt bedächtig: »Und Sie kennen den Namen dieses Feindes?« Die Frau antwortet äußerst vorsichtig: »Ja, ich … Aber Sie müssen mir versichern, dass Sie mich aus dem Spiel halten!« Der Kommissar sagt: »Natürlich!«, wissend, dass er dieses Versprechen vielleicht nicht wird halten können. Darauf sagt die Frau: »Der Mann heißt Leclerc, Luc Leclerc.« Ein polizeibekannter Name, wie Kommissar Maigret im Stillen feststellt.

Tragen Sie die Buchstaben des Vornamens LUC so ein, dass sie sich in jedem umrahmten Bereich aus drei Feldern finden lassen. Jeder Buchstabe soll in jeder Reihe und Spalte genau zweimal vorkommen und gleiche Buchstaben dürfen nicht waagerecht oder senkrecht benachbart sein.

L	C			C	
		C	U	L	
		L	C		
		U		C	
		C	U		
		L	C	U	L

Die verruchte Bar

Maigrets Leute finden schnell heraus, wo sich dieser Luc Leclerc gerade aufhält. Dieser hat seine Laufbahn als kleiner Zuhälter begonnen und ist zu einer echten Größe im Pariser Rotlichtmilieu aufgestiegen. Maigret und Leroux steigen bei einer zwielichtigen Bar im Quartier Latin aus ihrem Wagen. »Das ist Leclercs Revier«, erklärt Leroux Maigret Dinge, die jener bereits weiß.

Die Bar hat gerade erst geöffnet und wartet auf die ersten Gäste, die an diesem Abend viel Geld für billiges Vergnügen ausgeben möchten. Maigret und Leroux treten ein. Ein Kleiderschrank von einem Mann mustert sie am Eingang. Maigret fragt ihn: »Leclerc?« Der Mann deutet auf einen Mann, der sich gerade an der Bar einen Champagner genehmigt und eingehend eine seiner Damen betrachtet, die oben ohne auf Kundschaft wartet.

Die beiden Polizisten treten auf den Mann zu. »Sind Sie Luc Leclerc?«, fragt ihn Maigret geradeheraus. Der Mann betrachtet ihn mit eisigem Blick: »Wer will das wissen?« Nun sagt der Kommissar: »Die Polizei.« Leclerc lacht rau: »Alles klar, ich habe nichts zu verbergen. Und die bei mir angestellten Damen auch nicht, wie Sie sehen können. Worum geht es?«

Kommissar Maigrets Blick bleibt unerschütterlich: »Wo waren Sie in der Nacht zum Dienstag zwischen ein und drei Uhr?« »Na, hier in der Bar. Wie jede Nacht. Wir machen hier erst um vier Uhr morgens dicht«, antwortet Leclerc beinahe überzeugend.

Später präzisiert der Gerichtsmediziner Dr. Dubois den Todeszeitpunkt Jean-Pierre Gauthiers – allerdings nicht anhand medizinischer Erkenntnisse, sondern anhand einer beim Sturz zerbrochenen Taschenuhr. Dr. Dubois hinterlässt auf dem Schreibtisch Kommissar Maigrets eine Notiz. Um wie viel Uhr hat Jean-Pierre Gauthier seinen letzten Atem ausgehaucht?

Gauthier wurde Dienstagnacht ermordet, und zwar als es um 4.07 Uhr morgens 103 Minuten später war als acht Minuten vor dem Mord.

Geplatztes Alibi

Als Maigret und Leroux aus der Bar treten, zündet sich der Kommissar als Erstes seine Pfeife an. In der Bar hat er in einer der Animierdamen die Frau erkannt, die verschleiert bei ihm vorgesprochen hat. Der Kommissar pafft nachdenklich ein paar Züge und meint dann zu seinem Assistenten: »Leroux, finden Sie heraus, wer Dienstagnacht in der Bar gearbeitet hat. Vielleicht können Sie auch einige Gäste auftreiben. Ich mache jetzt Feierabend. Meine Frau erwartet mich. Rufen Sie mich später zu Hause an!« »In Ordnung. Soll ich Sie fahren?«, fragt Leroux. »Nein, ich werde noch einen kleinen Spaziergang unternehmen«, gibt sein Chef zur Antwort. Die Pfeife im Mund, die Hände in den Manteltaschen marschiert Kommissar Maigret in die von den Straßenlaternen beleuchtete Dunkelheit.

RING, RING! Der Kommissar war bereits eingenickt. Als das Telefon klingelt, hebt er mit schwerer Hand und noch benebeltem Geist den Hörer ab. »Das Alibi Leclercs hält nicht stand«, sagt Leroux atemlos. »Mehrere Personen aus dem Etablissement sind sich sicher, dass er Dienstagnacht schon vor Mitternacht verschwunden ist. Selbstverständlich wollen die Personen nicht genannt werden.« »Selbstverständlich«, krächzt Maigret, der nur langsam wach wird und sich über das müde Kinn streicht. »Wir werden noch einmal mit unserem gefiederten Freund sprechen«, meint er dann nachdenklich. »Aber das hat Zeit bis morgen. Gute Nacht!«

Kommissar Maigret unternimmt noch eine schöne Abendrunde, auf der er Pfeife rauchend scharf über den Fall nachdenkt. Zeichnen Sie seinen Rundweg durch das nächtliche Paris nach, indem Sie in diesem Rätsel einige Punkte waagerecht oder senkrecht miteinander verbinden. Die Zahlen geben an, wie viele Ränder des Quadrats, in dem sich die Zahlen befinden, Linien aufweisen. Aber aufgepasst: Nicht alle Quadrate mit Linien enthalten Zahlen!

	1	1	1	0
3		2	2	2
				3
2	2	2	1	3
	2	2	2	

Vernehmung mit Überraschung

»Was soll das, warum haben Sie mich hierherbringen lassen?«, wütet Luc Leclerc im Vernehmungsraum des Polizeireviers. »Tja, das möchten wir gern von Ihnen wissen«, gibt Kommissar Maigret zurück. »Was hatten Sie mit Jean-Pierre Gauthier zu schaffen? Haben Sie ihn Dienstagnacht um die Ecke gebracht?« »Wie heißt der? Was soll ich getan haben?«, spielt Leclerc den Ahnungslosen. Aber dann hat Maigret eine Überraschung parat. »Wir haben einen Zeugen gefunden«, verkündet der Kommissar. Leclercs Augen weiten sich. Er wirkt plötzlich unsicher.

Aber als er den Zeugen sieht, beginnt er laut zu lachen. Leroux hat gerade den Käfig mit dem blauen Papagei in den Verhörraum getragen. Doch das Lachen vergeht Leclerc schnell. »Leclerc!«, sagt Maigret in ruhigem Ton zu dem Papagei und hält ihm ein Leckerli an den Käfig. Daraufhin beginnt der Papagei tatsächlich zu sprechen: »Tun Sie es nicht, Leclerc! Tun Sie es nicht!« Es waren die letzten Worte des Geschäftsmanns Jean-Pierre Gauthier.

Maigrets Augen richten sich nun fest, auf Luc Leclerc, der in seinem Stuhl immer stärker zusammensinkt. »Was soll das denn beweisen?«, fragt er die Polizisten. »Oh, eine ganze Menge«, erwidert Kommissar Maigret.

Der blaue Papagei zetert und sagt immer wieder den Namen Leclerc. Allerdings gelingt ihm die Aussprache des Namens nicht immer richtig. Wie oft spricht der Papagei LECLERC auf korrekte Weise aus? Zählen Sie!

LELCRECLECLERCCRECLECLELCRECRECLECLLECLERCLECLERCCRECLEC
LERLCELLECLERCCLERECLRECLECLLELCRECCRECLECLECLERCLECLERC
LECLERCCLERECLLECLERCCRECLECLERLCELRECLECLLECLERCLECLERC
CLERECLLECLERCLELCRECRECLECLCRECLECLECLERCRECLECLLERLCE
LCRECLECCLERECLLECLERCCLERECLLELCRECLECLERCCRECLECCLERE
CLLERLCELLECLERCCLERECLLELCRECCRECLECLERLCELLECLERCLECLER
CRECLECLLECLERCLELCRECLECLERCLELCRECRECLECLCRECLECLELCREC

Das Geständnis

Es dauert vierzehn Stunden. Aber dann ist Luc Leclerc weichgekocht und gesteht. Aber er beharrt am Vernehmungstisch: »Es war kein Mord! Ich wollte diesem Typen nur einen Denkzettel verpassen. Er hat mich reingelegt! Es war ein Unfall!« »Ach so«, meint Maigret spöttisch, »ein Unfall mit einem Totschläger? So etwas hatte ich in meiner ganzen Laufbahn noch nicht. Jedoch beteuert fast jede Person, die an diesem Tisch sitzt, ihre Unschuld.«

Die Polizisten lassen Leclerc reden. Ob es ein Unfall, Totschlag oder Mord war, darüber werden die Gutachter und später die Richter entscheiden. Maigret erhebt sich müde vom Vernehmungstisch. Die Handschellen klicken. Der Kommissar lässt Luc Leclerc abführen.

»Und was machen wir nun mit dem Papagei?«, will Leroux von seinem Vorgesetzten wissen. Kommissar Maigret schmunzelt und gibt zur Antwort: »Den nehmen wir ins Zeugenschutzprogramm auf. Ich werde ihm ein paar Komplimente beibringen und ihn dann meiner Frau schenken.«

Der Papagei hinterlässt einige seiner Federn im Polizeirevier. Leroux fällt auf, dass sich eine der Federn von den anderen unterscheidet. Finden Sie heraus, welche es ist?

PATER BROWN

Pater Brown: Der kluge Detektiv aus dem Pfarrhaus

Pater Brown ist eine Erfindung des britischen Autors Gilbert Keith Chesterton. Er ist die Hauptfigur in etwa 50 Detektivgeschichten, die zwischen 1910 und 1936 veröffentlicht wurden. Brown ist ein römisch-katholischer Priester und Amateurdetektiv, der dafür bekannt ist, Verbrechen durch Intuition und ein tiefes Verständnis der menschlichen Natur zu lösen. So setzt er auf seine Fähigkeit, sich in die Psyche des Kriminellen hineinzuversetzen und erste Hinweise zu entschlüsseln, die andere oft übersehen.

Das charakteristische Aussehen von Pater Brown mit seinem breitrandigen Hut und seiner dunklen Brille ist ebenso berühmt wie seine intuitiven detektivischen Fähigkeiten. Er ist oft unauffällig und wird daher von Verbrechern übersehen, was ihm den Vorteil verschafft, ungestört ermitteln zu können.

Die britische Komödie „Die seltsamen Wege des Pater Brown“ („Father Brown“) aus dem Jahr 1954 gilt gemeinhin als die gelungenste der zahlreichen Verfilmungen. Der britische Schauspieler Alec Guinness spielte Pater Brown mit einer unauffälligen Freundlichkeit und einem scharfen Auge für Details.

Beliebt und prägend für das deutschsprachige Publikum war Heinz Rühmann in der Rolle des Pater Brown in „Das schwarze Schaf" (1960), „Er kann's nicht lassen" (1962) und „Die Abenteuer des Kardinal Brown" (1968). Rühmanns Darstellung von Pater Brown ist humorvoll und charmant.

Pater Brown ermittelte auch in zahlreichen Fernsehproduktionen: so der österreichische Schauspieler Josef Meinrad zwischen 1966 und 1972, ebenso Kenneth More 1974 in einer 13-teiligen britischen Fernsehserie sowie Ottfried Fischer zwischen 2003 und 2013. In der britischen Fernsehserie „Father Brown" der BBC, die ab 2013 ausgestrahlt wurde, spielt Mark Williams die Hauptrolle. Er bringt eine warme und humorvolle Facette in die Darstellung von Pater Brown ein, jedoch immer mit einem scharfen Auge für Verbrechen, weitgehend treu zum Original.

WISSENSQUIZ

1. Wer ist der Autor der Geschichten mit Pater Brown?

A Joanne K. Rowling
B Arthur Conan Doyle
C Gilbert Keith Chesterton
D Georges Prosper Remi

2. In welchem Land ist Pater Brown normalerweise tätig?

A Frankreich
B Irland
C Wales
D England

3. Was ist Pater Browns bevorzugte Methode, um Verbrechen aufzuklären?

A Wissenschaftliche Untersuchung
B Indizien und Beweise
C Psychologische Einsicht
D Übernatürliche Fähigkeiten

4. Wer wird zu einem ständigen Begleiter und Freund von Pater Brown?

A Dr. John Watson
B Inspektor G. Lestrade
C Hercule Flambeau
D Colonel Jack O'Neill

5. Welche der folgenden Aussagen trifft auf Pater Brown zu?

A Er hat eine tiefe Abneigung gegen Kriminalität

B Er ist oft misstrauisch gegenüber anderen Menschen

C Er ist sehr weltfremd und naiv

D Er hat eine tiefe Empathie und Verständnis für die menschliche Natur

6. Wie enden häufig Geschichten mit Pater Brown?

A Mit einer Verhaftung

B Mit einer Überraschung

C Mit einer Beichte

D Mit einem Mord

7. Welcher Schauspieler spielte in der wohl bedeutendsten Verfilmung „Die seltsamen Wege des Pater Brown" („Father Brown", 1954) die Hauptrolle?

A Alec Guinness

B Peter Ustinov

C Michael Caine

D Sean Connery

8. Welcher berühmte deutsche Schauspieler spielte Pater Brown in den 1960er-Jahren in drei populären Filmen?

A Hans Albers

B Mario Adorf

C Joachim Fuchsberger

D Heinz Rühmann

9. Welcher Schauspieler spielte in der britischen Fernsehserie „Father Brown" aus den 70er-Jahren die Hauptrolle?

A Kenneth More

B Sean Connery

C Christopher Lee

D Peter Cushing

10. Welcher bekannte Schauspieler spielte in den letzten Jahren Pater Brown in der britischen Fernsehserie „Father Brown"?

A Benedict Cumberbatch

B Mark Williams

C Rowan Atkinson

D Hugh Laurie

Pater Brown und das Geheimnis der vier Schlüssel

Ein Brief aus dem Jenseits

Es ist bisher ein beschaulicher, sonniger Spätsommertag ohne besondere Vorkommnisse. Pater Brown sitzt in seiner bescheidenen Pfarrbibliothek und erlaubt sich mit einem aufgeschlagenen Buch in der Hand ein kleines Nickerchen in dem gemütlichen Ohrensessel. Das Buch war ihm am Vormittag von einem elegant aussehenden Boten überbracht worden. Plötzlich schreckt Pater Brown aus seinem Schläfchen auf. Aus dem Buch ist ein Umschlag herausgefallen. Pater Brown hebt ihn vom Boden auf.

Die Aufschrift auf dem Umschlag erregt sofort die Aufmerksamkeit des kleinen Geistlichen mit dem großen Kopf. Auf dem Umschlag steht in krakeliger Handschrift: »Für Pater Brown – im Falle meines Todes«. Pater Brown öffnet den Brief und liest die Worte des vor einigen Tagen verstorbenen Lord Willington. Der Lord bittet ihn, ein von ihm angelegtes Rätsel zu lösen, das sein Erbe betrifft und in einem jahrhundertealten Gebäude seinen Anfang nehmen soll.

Außer dem Brief ist in dem Umschlag auch ein kleiner Schlüssel enthalten. Auf dem Schlüssel ist das Wort »GLAUBE« eingraviert. Er ist der einzige Hinweis, den der Lord zu dem Rätsel macht. Doch in welches Schloss passt dieser Schlüssel? »Ein kleiner Schlüssel, aber ein großes Geheimnis«, murmelt Pater Brown und faltet den Brief nachdenklich zusammen.

Angenommen, das Papier des Briefes wäre einen Millimeter dick. Wie oft müsste Pater Brown den Brief theoretisch jeweils zur Mitte falten, damit das gefaltete Papier über einen Meter dick wäre?

Familiengespräch

Pater Brown tritt vorsichtig durch die hohe, schwere Eichentür, die ihm vom Butler des Hauses mit einer Verbeugung aufgehalten wird. Die Familie von Lord Willington erwartet ihn schon. Dies sind seine Witwe Lady Elizabeth, der Sohn Sir George in mittlerem Alter und die Tochter Lady Catherine, die sich noch in ihren stürmischen Zwanzigern befindet. Diese drei sind die Erben des Lords, und sie haben verständlicherweise ein großes Interesse daran, dass das Rätsel des verstorbenen fantasievollen Familienoberhaupts gefunden wird.

Pater Brown rührt nachdenklich in seinem Tee und blickt auf die Anwesenden. »Also, ich weiß nicht, ob …« Aber Lady Elizabeth unterbricht ihn: »Sie werden uns bei der Lösung dieses Rätsels sicherlich behilflich sein!« Pater Brown meint: »Natürlich, aber …« »Kein Aber!«, verkündet die resolute Lady. »Alle Fragen werden Ihnen beantwortet, alle Türen geöffnet, wenn Sie sich an uns oder das Personal des Hauses wenden.« »Nun denn«, lenkt der Geistliche ein, »ich werde mein Bestes versuchen.« »Aber meine Räume werden Sie hoffentlich nicht betreten!«, wirft Catherine ein. Doch sie verstummt rasch und schaut verschämt zu Boden, als sie der strenge Blick Ihrer Mutter trifft.

So ist es also eine abgemachte Sache. Pater Brown wird im Anwesen des verstorbenen Lords Willington versuchen, das Rätsel zu lösen.

Wer trinkt an jenem Nachmittag wie viele Tassen Tee? Lady Catherine trinkt halb so viele Tassen wie Pater Brown. Pater Brown trinkt eine Tasse weniger als Lady Elizabeth. Sir George trinkt so viele Tassen wie Lady Catherine und Lady Elizabeth zusammen – doppelt so viele wie Pater Brown.

Die kleine Kapelle

»Dieser Gebäudeteil besteht also bereits seit vier Jahrhunderten?«, versichert sich Pater Brown bei Sir George, der ihm das Anwesen zeigt. »Ja, dieser Gebäudeteil ist der älteste, die Flügel wurden erst viel später gebaut. Auch diese kleine Kapelle dort drüben ist 400 Jahre alt.« »Eine alte Kapelle!«, ruft der Geistliche strahlend aus. »Führen Sie mich doch bitte gleich einmal dort hin!«

Die Kapelle ist wirklich sehr klein, aber der Glaube, der seit mehreren Jahrhunderten dorthin getragen wurde, entfaltet beim Betreten eine feierliche Größe. Pater Brown spürt, dass hier ein guter Ort ist, um mit seiner Suche zu beginnen. Und so bittet er Sir George: »Lassen Sie mich doch ein Stündlein allein hier verweilen.« Sir George zieht sich daraufhin zurück.

Pater Brown beginnt sofort, Zentimeter für Zentimeter der Kapelle zu inspizieren. Beim Altar wird er schließlich fündig. Dieser weist, beinahe unsichtbar, ein kleines Schlüsselloch auf. Der kleine Geistliche freut sich mächtig über seine Entdeckung und dreht neugierig den Schlüssel um. Er kann nun ein kleines Türchen öffnen. Darin befindet sich … ein weiterer Schlüssel. Auf diesem Schlüssel steht »VERZWEIFLUNG«. Ja, und Pater Brown ist nun tatsächlich etwas verzweifelt. Wo soll er das nächste Schlüsselloch suchen?

In der Kapelle befinden sich auch drei Kreuze, die ein mathematisches Rätsel aufgeben. Mit welchen Zahlen wird das dritte Kreuz gefüllt?

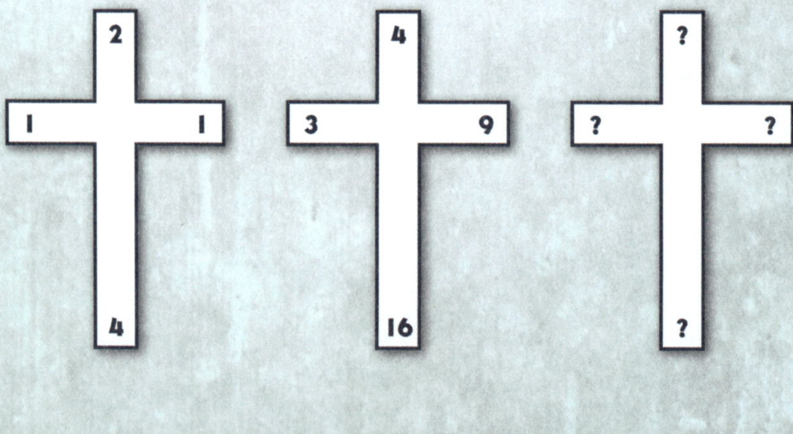

Ein Ort der Verzweiflung

Die Familie lädt Pater Brown zum Abendessen ein. Lady Elizabeth will sogleich wissen: »Haben Sie schon etwas herausgefunden, Hochwürden?« Pater Brown erwidert langsam: »Nun … ja … und auch wieder nein. Ich habe einen weiteren Schlüssel gefunden.« Die Lady sagt: »Einen weiteren Schlüssel? Und was ist damit? Spannen Sie uns doch nicht so auf die Folter!«

Jetzt hat Pater Brown einen Geistesblitz. Er fragt in die Runde: »Gibt es denn in diesem Haus einen Kerker oder einen Folterkeller?« »Einen Kerker? Nein, so was benötigen wir hier nicht, auch keinen Folterkeller«, die junge Lady Catherine lacht. Aber Sir George, der sich aus Interesse schon lange mit der Geschichte des alten Hauses befasst, entgegnet: »Oh doch! Es gibt einen Kerker in den Kellerräumen dieses Hauses oder vielmehr: Es gab einen. Er wird heute als Abstellraum genutzt.« Lady Catherine verstummt staunend, während Lady Elizabeth zustimmend nickt.

Pater Brown bittet: »Zeigen Sie mir diesen Ort der Verzweiflung doch bitte gleich nach dem Dinner, Sir George.« Jener stimmt zu. Hungrig und humorvoll stellt der Pater fest: »Die Suche nach des Rätsels Lösung ähnelt ein wenig einer Schnitzeljagd, doch nun möchte ich mich erst einmal mit den Schnitzeln auf dem Esstisch befassen.«

Schalten Sie im Keller alle Lichter ein, damit Pater Brown bei seiner Suche weiterkommt. Um eine Lampe einzuschalten, markieren Sie das entsprechende Feld durch einen Kreis. Die Zahlen in den farbigen Felder zeigen an, wie viele Lampen daran waagerecht oder senkrecht angrenzen. Die farbigen Felder blockieren das Licht der Lampen in einer Reihe oder Spalte. Schalten Sie nur so viele Lampen ein, wie benötigt werden, um sämtliche weißen Felder auszuleuchten.

		0			
			1		
1	2			1	
				1	
	1				
		2			0

Im Kerker

»Ach, das ist der Kerker?«, sagt Pater Brown etwas enttäuscht, nachdem ihm Sir George eine Kellertür aufgeschlossen hat. Vor seinen Augen sieht der Geistliche nun eher eine Art Rumpelkammer, die mit allem möglichen Krimskrams vollgestellt ist. Ja, so etwas kommt auch in den besseren Kreisen vor. Pater Brown hatte ein altes Gemäuer erhofft mit einer Wand, die einen Geheimgang freigibt. Doch die Wände waren schon vor geraumer Zeit modernisiert und verputzt worden.

Deshalb richtet Pater Brown – mit der Erlaubnis von Sir George – sein Augenmerk auf die Gegenstände, die sich in dem früheren Kerker befinden. Der Butler wird hinzugerufen, um Pater Brown dabei zu helfen, die Wege freizuräumen. In die hintere linke Ecke des Kellerraums gelangt der findige Geistliche dennoch nur kriechend. Plötzlich ruft er aus: »Eine Schatztruhe!«

Sir George und der Butler blicken sich verwundert an. Schließlich taucht Pater Brown mit einer kleinen Spielzeug-Schatztruhe in seinen Händen auf. Alle drei schmunzeln, sogar der sonst so ernste Butler. Pater Brown stellt die kleine Schatztruhe auf einer Kiste ab und zückt den Schlüssel, den er in der alten Kapelle gefunden hat. Ja, er passt! Pater Brown ist des Rätsels Lösung wieder einen Schritt näher gekommen.

Helfen Sie Pater Brown dabei, sich den Weg in dem ehemaligen Kerker freizuschaufeln. Streichen Sie dazu einige Felder in diesem Rastergitter so, dass die Zahlen an den Rändern die Summe der Zahlen in der jeweiligen Reihe oder Spalte darstellen.

	8	9	14	23	6
17	7	3	9	7	1
9	7	2	1	8	5
20	2	9	4	7	2
5	9	8	1	4	5
9	8	1	3	1	7

Der dritte Schlüssel

»Ach, befindet sich kein Schatz in der Schatztruhe?«, fragt Sir George scherzhaft, als Pater Brown einen dritten Schlüssel in der Spielzeug-Schatztruhe vorfindet. »Leider nein«, gibt der Pater lächelnd zur Antwort. »Aber ich muss sagen, dass ich den Ideenreichtum Ihres verstorbenen Vaters zu schätzen weiß.«

Auch auf den dritten Schlüssel wurde etwas graviert, doch das scheint nur eine wirre Buchstabenkombination zu sein. »Damit kann ich nun gar nichts anfangen«, meint Sir George, als er die Gravur betrachtet. Auch der Butler zuckt nur ahnungslos die Achseln. Aber in der Spielzeug-Schatztruhe lag auch ein Zettel mit den Worten »Der erste ist eins, der zweite ist keins.«

Pater Brown braucht nicht lange, um herauszufinden, wie er das verworrene Wort lesbar machen kann. Denn eines ist ihm klar: Zur Lösung des Rätsels des verstorbenen Lord Willington ist dies unbedingt erforderlich. »Haben Sie zufällig Papier und Stift bei sich«, fragt Pater Brown Sir George. Dieser reicht ihm einen Notizblock und einen Kugelschreiber. Pater Brown notiert darauf die Buchstaben, die auf den Schlüssel graviert wurden. Dann beginnt er Buchstaben zu markieren. Die Gesichter von Sir George und dem Butler erhellen sich kurzzeitig, aber sogleich zeigt ihr Blick wieder ein großes Fragezeichen.

Welches Wort kann auf dem dritten gefundenen Schlüssel gelesen werden? Mit der Antwort gelangen Sie der Lösung des Familienrätsels immer näher.

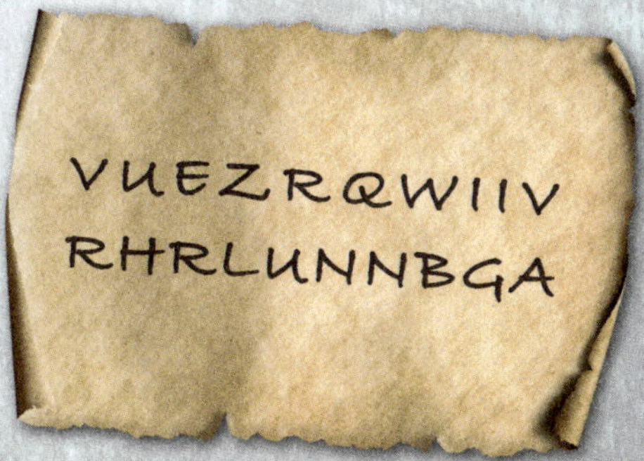

Der Gärtner weiß Rat

Nun, man darf sagen: Pater Brown ist mehr als verwirrt, als er mit dem dritten Schlüssel auf dem Anwesen der Willingtons herumstreicht, ständig auf der Suche nach Hinweisen und Anregungen, die ihn zur Lösung des Rätsels führen könnten. Das bekommt natürlich auch der Gärtner des Hauses mit. Er ermahnt Pater Brown: »Bitte bleiben Sie auf den Wegen, Hochwürden! Denn ich pflanze gerade die Blumen für das große Blumen-Labyrinth ein.« »Ein Blumen-Labyrinth?«, fragt Pater Brown erstaunt.

»Ja«, erklärt der Gärtner. »Lord Willington hat mir dafür noch den Auftrag erteilt und er hatte es ganz wichtig damit. Er hat mir einen genauen Plan übergeben, nach dem ich das Labyrinth aufbauen soll. Möchten Sie sich den Plan vielleicht einmal ansehen? Aber erschrecken Sie nicht: Das Labyrinth ist ganz schön verwirrend.«

Verwirrung – für Pater Brown ist das das Schlagwort. Natürlich lässt er sich den Plan des Labyrinths sofort zeigen. Er weiß: In einem Labyrinth führt ein verwirrender Pfad vom Eingang zur Mitte des Labyrinths. Ihn interessiert brennend, was sich gemäß den Plänen des Lords in der Mitte des Labyrinths befinden soll.

Finden auch Sie den Weg in die Mitte des Labyrinths?

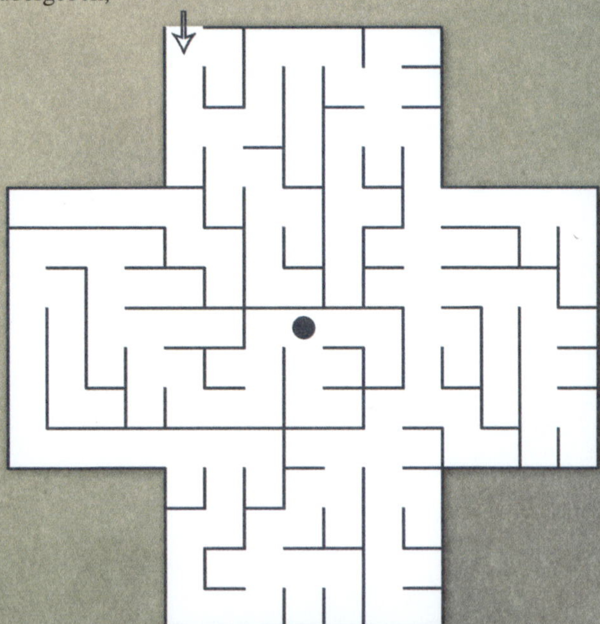

Vom Sockel gehoben

Pater Brown steht im parkähnlichen Garten der Willingtons vor der Statue einer griechischen Göttin und betrachtet diese voller Neugier. »Das ist Athene«, weiß der Gärtner. »Ja«, erwidert Pater Brown. »Sie ist die Göttin unter anderem der Weisheit. Aber ich fürchte«, fährt der Geistliche fort, »wir müssen die Dame für ein Weilchen von ihrem Sockel heben.«

Gemeinsam mit dem kräftigen Gärtner gelingt dies. Und oben auf dem Sockel wird – wer hätte es für möglich gehalten – ein kleines Schlüsselloch sichtbar. Pater Brown steckt den Schlüssel hinein, dreht ihn und kann nun den Deckel des Sockels aufklappen, der sich als hohl entpuppt. Aus dem Inneren des Sockels lässt er den Gärtner eine Metallkiste heben. »Gott sei Dank«, freut sich Pater Brown, »zum Öffnen ist kein weiterer Schlüssel erforderlich!«

Der kluge Gottesmann hat wieder einmal ein Rätsel gelöst, aber doch noch nicht ganz. Denn was ist denn eigentlich in dieser Kiste enthalten? Obwohl er sie am liebsten sofort öffnen würde, möchte er doch die Familie des verstorbenen Lords dabeihaben. Also lässt Pater Brown durch den Gärtner den Butler informieren, der wiederum Lady Elizabeth, Sir George sowie Lady Catherine bittet, sich im Salon mit Pater Brown zu treffen. Er habe den Schatz geborgen, lässt er ausrichten.

In der griechischen Mythologie hieß die Göttin Athene. Und in der römischen? Ordnen Sie die Buchstaben vom kleinsten zum größten, um es herauszufinden.

Das letzte Geheimnis

»Ein Schatz! Ach, wie aufregend!«, ruft die junge Lady Catherine, die als Letzte den Salon betritt. Nun hat sich die gesamte Familie um die von Lord Willington versteckte und von Pater Brown gefundene Metallkiste versammelt. Dem Geistlichen juckt es selbst in den Fingern, aber er sagt zur Hausherrin Lady Elizabeth: »Vielleicht möchten Sie …?« Lady Elizabeth lässt sich nicht zweimal bitten, sondern öffnet vorsichtig die Metallkiste durch einen einfachen Mechanismus. Sie hebt den Deckel, alle Umstehenden blicken hinein.

Lady Catherine beginnt als Erste zu lachen. Ihr Bruder George stimmt ein. Schließlich kann sich auch Lady Elizabeth nicht mehr halten und bricht in gänzlich unherrschaftliches Gelächter aus. »Das ist so typisch für ihn«, prustet sie. Schließlich beruhigen sich alle wieder und betrachten die in der Metallkiste enthaltenen Dinge eingehend. Es sind fünf Spielzeugfiguren aus der Kindheit von Sir George und Lady Catherine.

Pater Brown findet die richtigen Worte: »Lord Willington hat viel Humor bewiesen, indem er diese Spielzeugfiguren in die Metallkiste gepackt hat und von der Göttin Athene bewachen ließ. Aber sehen Sie doch einmal: Auf jeder Figur stehen ein oder zwei Buchstaben geschrieben. Wenn die Spielzeugfiguren in der richtigen Reihenfolge nebeneinandergestellt werden, lässt sich eine lateinische Weisheit lesen, deren Befolgung vielleicht wertvoller ist als Gold.«

Mit einem großen Lächeln im Gesicht verlässt Pater Brown das Anwesen der Willingtons. Ja, es gab auch diesmal einen Todesfall, aber keinen Mord. Und dass ein Toter aus dem Jenseits so viel Gelächter erregen kann, das hat Pater Brown sein Lebtag nicht erlebt.

In welche Reihenfolge müssen die Spielzeugfiguren gebracht werden, damit sich die lateinische Weisheit lesen lässt?

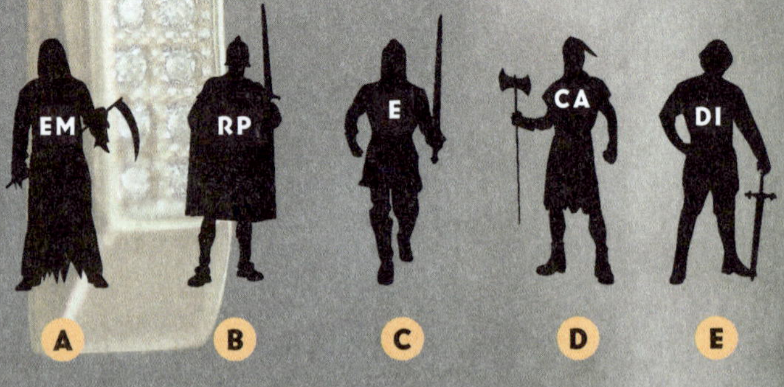

INSPEKTOR CLOUSEAU

Inspektor Clouseau: Der unerschrockene Meister der Missgeschicke

Inspektor Jacques Clouseau ist eine legendäre Filmfigur, die ihren Ursprung in der vom Regisseur Blake Edwards geschaffenen Pink-Panther-Filmreihe hat. Seinen ersten Auftritt hatte er in der Kriminalkomödie „Der rosarote Panther" („The Pink Panther") im Jahr 1963. Die Rolle wurde in den meisten Filmen durch den britischen Schauspieler Peter Sellers verkörpert. Inspektor Clouseau ist ein unbeholfener Ermittler, dessen Untersuchungsmethoden eher chaotisch und unkonventionell sind. Trotzdem gelingt es ihm, durch eine Kombination aus unerklärlichem Glück und unverdienter Zuversicht, seine Fälle zu lösen.

Clouseaus unverwechselbare Markenzeichen sind seine Tollpatschigkeit und sein schwerer französischer Akzent, der oft zu Wortverdrehungen und Sprachverwirrungen führt. Er ist auch für seine Tarnungen und Verkleidungen bekannt, die häufig eher auffallen als ihn zu verschleiern. Sein unbeholfenes Auftreten ist eine Quelle ständiger Komik und die Mischung aus Slapstick, Wortwitz und unerwartetem Humor schufen einen Kultklassiker, der unvergessen bleibt. Die Filmfigur Clouseau verkörperten neben Peter Sellers auch Alan Arkin, Roger Moore und Steve

Martin. Roberto Benigni spielte den Sohn Clouseaus.

Eine wichtige Figur in der Filmreihe ist Charles Dreyfus, Clouseaus geduldiger und oft verzweifelter Vorgesetzter, gespielt von Herbert Lom. Er ist häufig das Ziel von Clouseaus Missgeschicken und findet sich in einer Vielzahl lächerlicher und komödiantischer Situationen wieder. Cato Fong, gespielt von Burt Kwouk, ist Clouseaus treuer Diener, der von Clouseau selbst angewiesen wurde, ihn immer wieder zu überfallen, um seine Abwehrreflexe zu schärfen. Dies führt zu zahlreichen komischen Kampfszenen.

Weltberühmt wurde auch der Titelsong der Pink-Panther-Reihe: „The Pink Panther Theme". Das Instrumentalstück wurde vom erfolgreichen Jazz-Komponisten Henry Mancini komponiert.

WISSENSQUIZ

1. In welchem Film trat Inspektor Clouseau als Ermittler in einem Kriminalfall zum ersten Mal auf?

A „Der rosarote Panther" („The Pink Panther")

B „Ein Schuss im Dunkeln" („A Shot in the Dark")

C „Inspektor Clouseau"

D „Der rosarote Panther wird gejagt" („Trail of the Pink Panther")

2. Wer spielt die Rolle des Inspektor Clouseau in den meisten Filmen?

A Alan Arkin

B Steve Martin

C Roberto Benigni

D Peter Sellers

3. Wer führte die Regie in „Der rosarote Panther" aus dem Jahr 1963 – und auch in den meisten folgenden Filmen der Reihe?

A Shawn Levy

B Bud Yorkin

C Blake Edwards

D Steve Martin

4. Wie heißt Clouseaus Vorgesetzter in den Filmen?

A Kommissar Maigret

B Inspektor Dreyfus

C Sergeant Garcia

D Inspektor Lestrade

5. Was passiert in den meisten Filmen, wenn Clouseau nach Hause kommt?

A Er schläft sofort ein

B Er nimmt ein langes Bad

C Er kocht sich etwas zu essen

D Er wird von seinem Diener angegriffen

6. Wer komponierte die berühmte „Pink Panther"-Melodie?

A John Williams

B Ennio Morricone

C Henry Mancini

D Hans Zimmer

7. Gegen welchen Erzfeind ermittelt Inspektor Clouseau von der Pariser Polizei im ersten Film „Der rosarote Panther"?

A „Das Phantom“

B Inspektor Dreyfus

C „Der rosarote Panther“

D Prinzessin Dala

8. In welchem Land ist Clouseau in „Der rosarote Panther" auf der Suche nach dem Dieb?

A Frankreich

B USA

C Italien

D Schweiz

9. Wer spielt den Sohn von Inspektor Jacques Clouseau im Film „Der Sohn des rosaroten Panthers" aus dem Jahr 1993?

A Steve Martin

B Alan Arkin

C Herbert Lom

D Roberto Benigni

10. Wer übernahm die Rolle des Inspektor Clouseau in „Der rosarote Panther" von 2006 und dessen Fortsetzung von 2009?

A Steve Martin

B Kevin Kline

C Jean Reno

D John Cleese

Inspektor Clouseau in Japan

Ein Hilferuf aus Fernost

Das Telefon klingelt. Inspektor Clouseau hastet in seinem Büro zum Apparat und stolpert so unglücklich über das Telefonkabel, dass der Garderobenständer umfällt, und dieser wiederum das einzige Fenster des engen Büros zertrümmert. »Hier spricht Inspektor Clouseau!«, ruft der stets hoch motivierte Beamte ins Telefon, während er seine Blessuren reibt.

Eine buchstäblich ferne Stimme meldet sich: »Inspektor-san, ich brauche Ihre Hilfe!« Inspektor Clouseau hört die Stimme seines japanischen Dieners Katta, der nach vielen Jahren den Chinesen Cato abgelöst hat, weil er besser Karate kann. Clouseau richtet sich sofort auf und begibt sich in Abwehrposition. Aber dann fällt ihm ein, dass Katta ihn übers Telefon nicht angreifen kann. »Was ist das Problem, Katta?«, will der Inspektor wissen.

Inspektor Clouseau ist es irgendwie gelungen, sich im Telefonkabel zu verheddern, während Katta spricht: »Ich bin während meines Urlaubs in Japan in eine Familienangelegenheit verwickelt worden. Es geht um ein verschwundenes Familienerbstück. Man beschuldigt mich, es gestohlen zu haben.« Der Inspektor erwidert mit einem Blick auf das Telefonkabel: »Momentan bin ich auch in etwas verwickelt. Aber ich komme sofort zu dir, wenn ich mein Problem gelöst habe. Wo bist du?« »In Tokio, Inspektor-san.«

Zu den vier Hauptinseln Japans zählen Hokkaido, Honshu, Kyushu und Shikoku. Aber welche Insel liegt wo? Und wo befindet sich Tokio? Zeigen Sie es auf der Karte!

Landung in Tokio

Während des Langstreckenflugs von Paris nach Tokio bleibt Inspektor Clouseau am Rock einer japanischen Stewardess hängen und zieht diese versehentlich im Gang hinter sich her. Als Retourkutsche mischt ihm die Stewardess später einen Teelöffel Chili in den Kaffee. Die anderen Passagiere haben Glück, dass er nicht Feuer speit, sondern nur auf die Flugzeugtoilette eilt, um dort laut wehklagend das etwas abgestandene Leitungswasser zu trinken.

Nach der Landung taucht das Gepäck von Inspektor Clouseau am Flughafen natürlich zuallerletzt auf dem Band auf. Er schnappt sich seinen Koffer. Dieser öffnet sich und alles fällt heraus. Der Inspektor stopft seine Sachen wieder notdürftig hinein und begibt sich schließlich zum Ausgang des Flughafens. Aber wo ist Katta? Dieser wollte ihn doch abholen?

Plötzlich ertönt ein lauter Schrei! Katta will sich zur Begrüßung auf den Inspektor stürzen – wie zu Hause in Paris, um dessen Selbstverteidigungskünste zu erproben. Aber der Inspektor kann schnell noch ausweichen. Katta fällt zu Boden. Und nun stolpert der Inspektor hinterrücks über den eigenen Koffer, sodass jetzt beide am Boden liegen. »Inspektor-san, willkommen in meinem Heimatland!«, sagt Katta, während er sich stöhnend aufrichtet. Auch Inspektor Clouseau richtet sich auf und begrüßt seinen Diener mit einer Verbeugung und einem »Konnichiwa Katta!«

Welcher dieser vier Koffer gehört dem französischen Inspektor – A, B, C oder D?

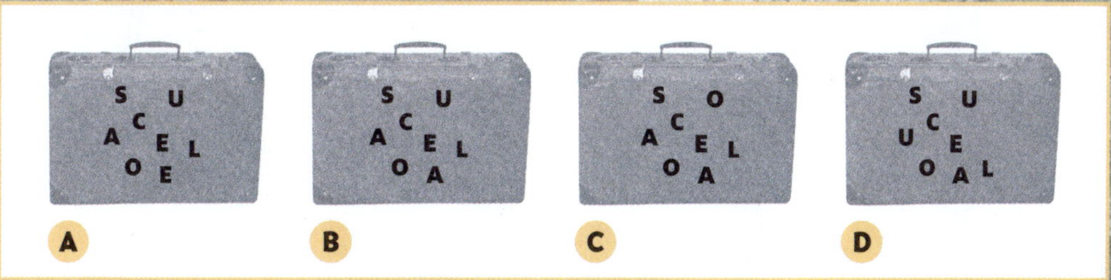

Das Erbe der Samurai

Katta bringt Inspektor Clouseau zum Haus seiner Familie – und das ist alles andere als klein. Der Pariser Kriminalbeamte hätte nicht gedacht, dass sein Diener Katta aus solch wohlhabenden Verhältnissen stammen könnte. Katta erklärt: »Haus meiner Familie sehr groß, aber Portemonnaie sehr klein.«

Als Katta den Inspektor ins Haus führt, bemerkt dieser, dass zwar einige Personen anwesend sind, diese aber sowohl Katta als auch ihn wie Luft behandeln. Der Diener zuckt mit den Schultern und betritt mit Inspektor Clouseau voran einen großen Raum und deutet auf eine leere Wand. »Hier hat es gehangen«, sagt Katta. »So, was denn Katta?«, will der Inspektor wissen. Katta erwidert: »Ein wertvolles Samuraischwert, das seit Generationen in meiner Familie ist. Ich habe es ein paar Mal heruntergenommen und Übungen damit gemacht. Deshalb verdächtigt meine Familie nun mich, es gestohlen zu haben. Alle schneiden mich.«

»Ja«, stellt Inspektor Clouseau lapidar fest, während er versehentlich eine japanische Papierlampe zertritt, »ein Samuraischwert ist eine scharfe Angelegenheit, da kann man schon mal geschnitten werden.«

Auf einem Bild sieht Inspektor Clouseau ein Zahlenrätsel, bei dem ebenfalls Samuraischwerter zum Einsatz kommen. Welche Zahl gehört anstelle des Fragezeichens? Inspektor Clouseau kommt nicht darauf – aber Sie?

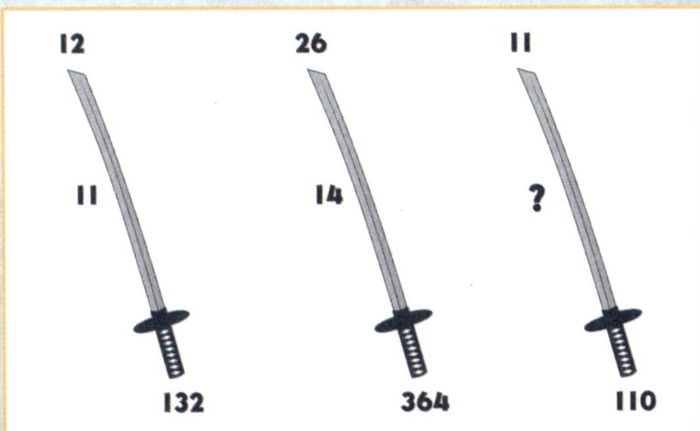

Heiße Spur

Mit einer großen Lupe bewaffnet kriecht Inspektor Clouseau auf dem Boden herum. Dabei lässt er die Lupe im Garten liegen, und das Brennglas entzündet ein Feuer. Dieses kann aber mit Müh und Not rechtzeitig gelöscht werden kann, bevor es auf das Haus übergreift.

»Wann wurde der Raum das letzte Mal gereinigt?«, will der Inspektor wissen. Katta antwortet: »Seitdem das Samuraischwert verschwunden ist, gar nicht. Jede Handlung, die die Ruhe unserer Ahnen unnötig stört, wird vermieden.« »Aha!«, stellt Inspektor Clouseau fest, und weist Katta auf Fußspuren hin, die von der Wand mit dem fehlenden Samuraischwert zu einer sehr schmalen Tür führen.

»Was befindet sich hinter dieser Tür?«, will der Inspektor von seinem Diener wissen. Katta antwortet: »Hinter dieser Tür befindet sich der Raum der Ahnen. Nur Familienmitglieder dürfen diesen Ort betreten.« »Ach«, meint Inspektor Clouseau, »Dann wurde das Samuraischwert vielleicht von einem deiner Ahnen von der Wand genommen? Sehr verdächtig!«

Die systematische Untersuchung des Inspektors wird hier durch Pfeile dargestellt. Der Inspektor hat sich mit seiner Lupe von Feld 1 zu Feld 16 jeweils in Pfeilrichtung bewegt, wobei er jedes Feld nur einmal besucht hat. Oft musste Inspektor Clouseau Felder überspringen. Aber welches ist denn nun das Feld 1? Ergänzen Sie die Nummern, die in der Reihenfolge fehlen!

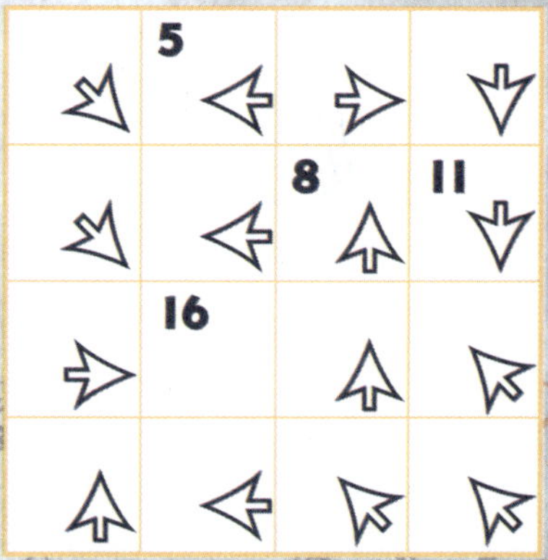

Der Cousin

Inspektor Clouseau sieht nicht ein, warum er wie sein Diener Katta von dessen Familienmitgliedern geschnitten werden sollte. Also befragt er einige davon – manche antworten, andere sehen weg und gehen nur stumm an ihm vorbei.

Katta zeigt auf einen jungen Mann und sagt zum Inspektor: »Das ist mein Cousin Hiroshi. Er ist sehr eifersüchtig auf mich. Und ich habe beobachtet, wie er immer wieder verstohlene Blicke auf das Samuraischwert geworfen hat.«

Der Inspektor geht sogleich auf Hiroshi zu, stolpert hierbei allerdings über eine am Boden liegende Tatamimatte und fällt direkt vor Hiroshis Füße. Der macht einen Sprung zurück, um nicht von Clouseau am Schienbein getroffen zu werden. »Eine klassische Verteidigungshaltung«, ächzt Inspektor Clouseau vom Boden aus. »Dieser Hiroshi ist äußerst verdächtig!«

Hiroshi rümpft die Nase und geht über den Inspektor hinweg seiner Wege. Inspektor Clouseau fällt hierbei etwas Wichtiges auf: »Hiroshi riecht sehr streng.«

Neben Hiroshi befinden sich auch Kattas Cousins Akira, Momo und Taro im Haus. Die vier Cousins sind 21, 23, 25 und 27 Jahre alt. Einer beherrscht die japanische Kunst des Bonsai, ein anderer die Kunst des Ikebana, ein dritter die Kunst des Origami und ein vierter die Kunst des kalligrafischen Shodo. Aber wer befindet sich an welcher Position?

11. Der Bonsai-Künstler befindet sich zwischen Momo und dem 21-jährigen Cousin.

12. Momo ist der älteste der vier Cousins und befindet sich zwischen dem 25-jährigen Cousin und Taro.

13. Taro ist nicht der Origami-Künstler.

14. Der Ikebana-Künstler befindet sich direkt rechts neben dem Shodo-Künstler.

15. Hiroshi befindet sich nicht direkt rechts von Akira, aber rechts von jemandem.

16. Der Bonsai-Künstler befindet sich nicht an dritter Stelle.

Position	1	2	3	4
Name				
Alter				
Japanische Kunst				

Scharf wie ein Schwert

Inspektor Clouseau und Katta sitzen bei einer Tasse Tee zusammen. Der Inspektor fragt seinen Diener Katta: »Was macht dieser Hiroshi eigentlich beruflich? Er stinkt bestialisch.« Katta erwidert: »Er stellt Wasabi her, einen japanischen Meerrettich.« Wasabi kennt Inspektor Clouseau nicht, also lässt er sich von Katta eine Schale mit der grünen Paste bringen. Der Inspektor steckt seine Nase etwas zu tief in die Schale und spürt ein extremes Brennen auf seiner Nasenschleimhaut. »Wasser, Wasser!«, schreit der Inspektor und möchte zu einem Zimmerbrunnen rennen. Hierbei stolpert er jedoch, und das Wasabi spritzt jetzt auch in seine Augen.

Es dauert eine halbe Stunde, bis Inspektor Clouseau wieder ansprechbar ist. Mit geröteten Augen meint er zu Katta: »Wasabi ist sehr scharf – so wie das verschwundene Samuraischwert.« Er fügt hinzu: »Das ist eine wichtige Verbindung zwischen deinem Cousin Hiroshi und dem gestohlenen Gegenstand.« Katta ist sich dessen nicht so gewiss, traut sich jedoch nicht zu widersprechen.

Dann aber verlangt der Inspektor: »Zeig mir den Raum deiner Ahnen!« Katta antwortet: »Nein, nein, das geht nicht! Nicht möglich, Inspektor-san!« Der Inspektor sagt: »Dann verliere wenigstens versehentlich den Schlüssel zu dem Raum, wenn du aufstehst!« Katta blickt Inspektor Clouseau in die Augen, sagt aber nichts. Doch als er später vom Tee aufsteht, bleibt wie durch einen Zufall der Schlüssel zum Raum der Ahnen liegen.

Heben Sie für Inspektor Clouseau den Schlüssel zum Raum von Kattas Ahnen auf. Machen Sie den Schlüssel sichtbar, indem Sie einige Felder schwärzen. Die Zahlen an den Rändern zeigen, wie viele Felder aus dieser Richtung geschwärzt werden müssen. Die ersten Felder können aber auch frei bleiben. Wenn mehrere Zahlen am Rand stehen, so bedeutet das, dass es mehrere geschwärzte Bereiche mit mindestens einem freien Feld dazwischen gibt.

				5	5	2	2				
				1	2	7	7	5	5		
	6										
	6										
2	2										
	6										
	6										
	2										
	2										
	2										
	3										
	4										

Der Raum der Ahnen

Es ist bereits tiefe Nacht. Eine dunkel gekleidete Gestalt namens Clouseau schleicht durch das Haus von Kattas Familie. Nur etwas Mondlicht dringt von außen herein. Plötzlich ertönt ein lautes Donnnggg! Inspektor Clouseau hat sich an einem Gong gestoßen. Er harrt einige Zeit regungslos aus. Zum Glück ist niemand aufgestanden, um ihn bei seiner Mission zu hindern.

Jetzt steht Inspektor Clouseau vor der Tür zum Raum der Ahnen. »Mist«, flucht er leise, »Ich habe den Schlüssel vergessen. Er schleicht sich zurück und Donnnggg! – er stößt wieder gegen den Gong. Aber ansonsten bleibt alles ruhig. Er kann den besagten Schlüssel aus seinem Zimmer holen. Dann schleicht er wieder durch das Haus. Donnnggg! Der Gong ertönt ein drittes Mal.

Aber nun steht er mit dem Schlüssel bewaffnet vor der Tür zum Raum der Ahnen. Vorsichtig schließt er die Tür auf und bemerkt sofort einen scharfen Geruch.

Drei Räume, drei Gongs und man kann nicht ums Eck schauen. Zeichnen Sie die Wände der Räume so ein, dass die Zahl auf einem Gong jeweils angibt, wie viele Felder von dort aus in diesem Raum NICHT sichtbar sind.

		4	
3		2	

Tumult

Plötzlich geht im Raum der Ahnen das Licht an, und Inspektor Clouseau kann einem Angriff gerade noch ausweichen. Hiroshi, Kattas Cousin, stürzt sich aber erneut auf ihn – in seiner Hand hält er das gestohlene Samuraischwert. Aber Inspektor Clouseau hat ebenfalls eine Waffe. Er greift in die Tasche seines Jackets und zieht sie hervor. Erneut weicht er einem Schwerthieb aus, und es gelingt ihm, sie Hiroshi direkt vors Gesicht zu halten. Dann drückt er ab.

Die Waffe ist eine Tube Wasabi! Der Inspektor drückt so viel aus der Tube heraus, dass Hiroshis Gesicht ganz mit grünem Wasabi verschmiert ist. Der Mund, die Augen, einfach alles – Kattas Cousin kann dem brennenden Schmerz nicht ausweichen. Inspektor Clouseau nutzt diese Gelegenheit, um Hiroshi mit einigen unbeholfenen Karateschlägen zu malträtieren und ihm das Samuraischwert aus den Händen zu reißen.

Vom Tumult aufgeweckt, versammeln sich nach und nach Katta und die anderen Familienmitglieder vor dem Raum der Ahnen. Als sie Inspektor Clouseau mit dem hocherhobenen Samuraischwert erblicken, erstarren sie vor Schreck. Aber einer von ihnen, es ist Yuki, ein anderer Cousin Kattas, fasst doch Mut. Er schlägt dem Inspektor mit einem großen Brett vor den Kopf, sodass dieser bewusstlos niedersinkt.

Hiroshi wäre gern ein mutiger Samurai wie seine Vorfahren. Hier sehen Sie sechs seiner Ahnen – alle waren Samurai. Nur einer unterscheidet sich in einem kleinen Detail von den anderen. Welcher?

Der Rückflug

»Wo bin ich?«, stammelt Inspektor Clouseau, als er langsam wieder zu sich kommt. »Im Flugzeug nach Paris, Inspektor-san«, sagt Katta liebevoll. Der Inspektor bemerkt nun, dass er in einem Flugzeugsitz festgeschnallt ist. Er ist sehr verwundert: »Aber deine Familie, das Samuraischwert!« Katta erwidert: »Das Schwert ist wieder an dem Platz, wo es hingehört. Und ich bringe nun den Inspektor an seinen Platz zurück.«

»Und dein Cousin Hiroshi?«, will der Inspektor wissen. »Er wurde von der Familie verstoßen«, antwortet Katta nicht ohne Genugtuung. »Einige wollten außerdem Inspektor-san töten, weil er den Raum unserer Ahnen entweiht hat. Aber das konnte ich gerade noch verhindern.« »Aber deine Familie ist mir doch sicherlich dankbar?«, meint Inspektor Clouseau. Katta antwortet vorsichtig: »Sagen wir es einmal so: Wenn Ihnen Ihr Leben lieb ist, sollten Sie nie wieder nach Japan reisen!«

Nun servieren die Stewardessen das Essen. Inspektor Clouseau erbleicht und ruft laut: »Nein! Nein! Nein!« Er löst den Sitzgurt und stürmt durch das ganze Flugzeug, bis er von einigen anderen Passagieren überwältigt werden kann. »Was ist denn los, Inspektor-san?«, spricht Katta beruhigend auf ihn ein. Darauf sagt der Inspektor: »Ja, hast du es denn nicht gesehen? Die servieren Wasabi!«

Teilen Sie die Buchstaben mit zwei geraden Linien in drei Bereiche ein, und zwar so, dass sich in jedem Bereich zweimal die Buchstaben des Wortes WASABI finden lassen.

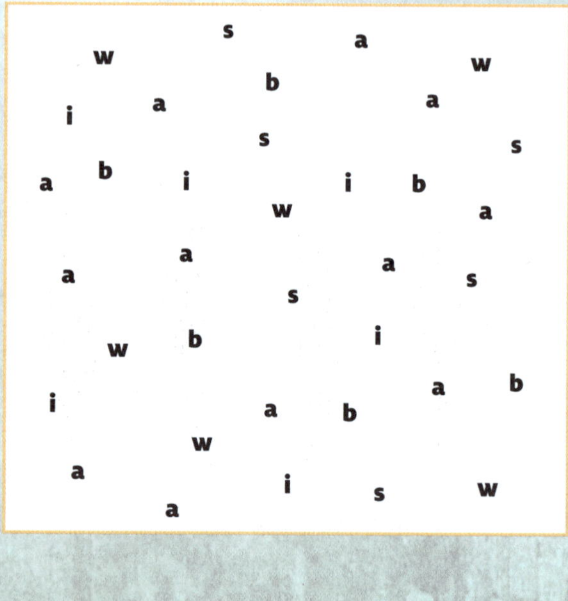

MODESTY BLAISE

Modesty Blaise: Wegbereiterin für weibliche Helden

Modesty Blaise ist eine britische Comicstrip-, Roman- und Filmheldin, die 1963 vom englischen Autor Peter O'Donnell geschaffen wurde. Modesty ist eine attraktive und gefährliche Frau mit zahlreichen Fähigkeiten – bekannt für ihre körperliche Stärke, ihren scharfen Verstand und ihre Fähigkeiten in den Kampfkünsten. Sie ist eine unabhängige, selbstbewusste und überaus intelligente Frau, die häufig als „weiblicher James Bond" bezeichnet wird. Modesty Blaise war die Inspiration für zahlreiche andere weibliche Spione und Kämpferinnen, von Lara Croft bis hin zu Quentin Tarantinos Filmfigur „Die Braut" in seinem Film „Kill Bill".

Modesty wuchs als namenlose Waise in Flüchtlingslagern in Krisengebieten auf und schaffte es, sich bis an die Spitze der internationalen kriminellen Organisation „Das Netz" hochzuarbeiten, bevor sie sich mit dem britischen Geheimdienst zusammenschloss. Noch keine dreißig Jahre alt war Modesty, wie auch Willie Garvin, ihr engster Vertrauter aus Zeiten des Netzes, bereits Multimillionärin. Sie stieg aus dem Geschäft aus und setzte sich in London zur Ruhe. Ihre Partnerschaft mit dem Geheimdienst führt sie aus purer Langeweile auf viele spannende Abenteuer

rund um den Globus. Modernste Waffen und technische Hilfsmittel helfen ihr durch jeden Auftrag.

In den Comics, die 1963 erstmals in der britischen Zeitung „Evening Standard“ veröffentlicht wurden, sind Modesty und ihr treuer Gefährte Willie Garvin oft in exotischen Ländern unterwegs, wo sie es mit verschiedenen Schurken aufnehmen. Sie lösen Rätsel, bekämpfen das Böse und retten oft unschuldige Menschen. Ihre Geschichten sind gefüllt mit Intrigen, Action, Abenteuer und manchmal auch einer Prise Humor.

In den Romanen, die ebenfalls von Peter O'Donnell geschrieben wurden, wird Modestys Hintergrundgeschichte ausführlicher erzählt. Wir erfahren mehr über ihre Kindheit und Jugend, ihre Erziehung und wie sie zu der Person wurde, die sie heute ist. Die Modesty-Blaise-Romane wurden in 16 Sprachen übersetzt und haben sich weltweit über 40 Millionen Mal verkauft.

Modesty Blaise wurde auch in mehreren Filmen dargestellt, darunter ein britischer Spielfilm aus dem Jahr 1966, in dem Monica Vitti die Hauptrolle spielt. Die Agentenfilm-Parodie ist bekannt für ihren modischen Stil und ihren satirischen Blick auf das Spionage-Genre. So ist der Film ein farbenfrohes, actiongeladenes Abenteuer, das den Geist der 1960er-Jahre einfängt.

WISSENSQUIZ

1. Wer ist der Autor der Comicstreifen und Bücher von Modesty Blaise?

A Alan Moore

B Stan Lee

C Peter O'Donnell

D Neil Gaiman

2. Wie war das frühe Leben von Modesty Blaise, bevor sie eine Geheimagentin wurde?

A Sie war eine Waise und Diebin

B Sie war eine professionelle Tänzerin

C Sie war eine Journalistin

D Sie war eine Lehrerin

3. Was ist der Name der kriminellen Organisation, die Modesty Blaise leitete, bevor sie zur Geheimagentin wurde?

A Die Tafelrunde

B Die Rote Hand

C Die Firma

D Das Netz

4. Wo lebt Modesty Blaise größtenteils?

A Rom

B New York

C London

D Paris

5. In welchem Jahr wurde der erste Comicstrip von Modesty Blaise veröffentlicht?

A 1945

B 1953

C 1963

D 1972

6. In welcher Art und Weise taucht Modesty Blaise in Quentin Tarantinos Film „Pulp Fiction" auf?

A Sie ist Teil des Gesprächs von Jules und Vincent im Auto

B Im Abspann des Filmes

C Vincent liest ein Modesty-Blaise-Buch

D Uma Thurman kämpft als Mia ähnlich wie Modesty Blaise

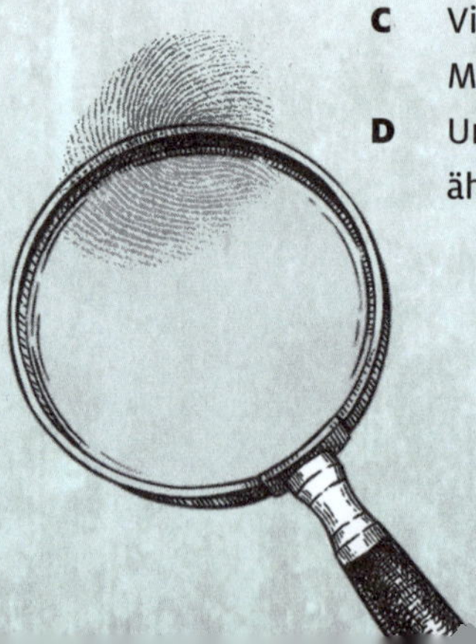

Modesty Blaise und die Wächter des Tierkreises

Der verschlüsselte Hilferuf

In ihrem eleganten Londoner Apartment, das mit Kunstwerken und Erinnerungsstücken aus aller Welt dekoriert ist, steht Modesty Blaise am Fenster und blickt versonnen hinaus. Plötzlich klingelt es an der Tür. Es ist ein Bote. Dieser überbringt Modesty eine Nachricht mit einem seltsamen Kauderwelsch. Modesty ist sofort klar, dass es sich um eine verschlüsselte Botschaft handelt. Herausforderungen wie diese sind für die clevere Frau ein Kinderspiel.

Modesty Blaise setzt sich an ihren Schreibtisch und macht sich sogleich an die Entschlüsselung der Nachricht. Dazu streicht sie jeweils drei von vier Buchstaben. Bereits nach kürzester Zeit kann Modesty Blaise den Text lesen.

»Die Botschaft stammt also von Jonathan«, stellt Modesty Blaise fest. Er ist ein alter Freund aus ihrer Zeit beim Netzwerk. Der Meisterdieb hatte sich gerade zu der Zeit in Altersteilzeit begeben, als sie selbst ausgestiegen ist. Seither dreht er nur noch zehn Stunden pro Woche krumme Dinger. »Was könnte Jonathan in solche Schwierigkeiten gebracht haben?«, denkt Modesty laut nach.

Dies ist die Nachricht, die Modesty Blaise erhalten hat. Wie lautet Jonathans Botschaft?

EWTINERQMKIORUFCYIFA
AGMÉVMIHEWCGUIHR PUIMERMJ
JACUERABQTFNMNÉY
PRZDREOVAIDKUWIDMJAEEBCÉ.
LMLUIPENMGBRQUEWYHNF
DEORXIDMYKETJIRA UFTUPRONCEDZ.
HYJNBEOKLVNAERAUIWTRESHUHGAMKENL.

Ein unscheinbares Café

Das Café Zodiac ist ein kleines, unscheinbares Lokal in einer Seitenstraße Londons. Modesty betritt es mit der Anmut einer Raubkatze und setzt sich an einen abgelegenen Tisch mit Blick auf den Eingang. Kurz darauf erscheint Jonathan, sichtlich nervös und ständig über seine Schulter blickend. Er blickt sich verstohlen um, entdeckt Modesty und setzt sich zu ihr.

»Jonathan, was ist los?«, will Modesty Blaise sofort von ihrem alten Freund wissen. Der kommt gleich zur Sache: »Ich habe etwas entdeckt. Gemälde, die mehr sind als sie scheinen. Jedes repräsentiert ein Sternzeichen und birgt ein Geheimnis. Aber nun sind sie hinter mir her.« »Wer sind ‚sie'?«, fragt Modesty, der noch nicht ganz klar ist, was an ein paar Gemälden so Geheimnisvolles und Gefährliches sein soll.

»Eine Geheimgesellschaft, die Wächter des Tierkreises«, flüstert Jonathan. Modesty nickt bedächtig und meint: »Ich schätze, dann muss ich mir diese Gemälde und ihre Wächter einmal näher anschauen. Wo befinden sich denn die Gemälde mit den Sternzeichen?«

Kennen Sie die lateinischen Bezeichnungen der zwölf Tierkreiszeichen? Besser wär's, denn Modesty Blaise fragt Sie danach. Tragen Sie die Bezeichnungen in die rechte Spalte ein!

Aquarius, Aries, Cancer, Capricornus, Gemini, Leo, Libra, Pisces, Sagittarius, Scorpio, Taurus, Virgo

Widder	
Stier	
Zwillinge	
Krebs	
Löwe	
Jungfrau	
Waage	
Skorpion	
Schütze	
Steinbock	
Wassermann	
Fische	

Sternsammler

Jonathan berichtet, dass sich bereits neun Gemälden in den Händen der Geheimgesellschaft befänden. Er sei vor einigen Tagen, als sein Geld knapp wurde, in eine düstere Villa eingestiegen, die er für verlassen gehalten hatte. Das war sie jedoch keineswegs. In der Villa habe er aus einem Versteck heraus eine Zeremonie der Wächter des Tierkreises beobachtet, bei der die neun Gemälde vorgeführt wurden. Ja, er habe heimlich Fotos von den Gemälden gemacht, sagt Jonathan auf Nachfrage Modestys.

»Und dann?«, fragt Modesty Blaise ihren Freund. Jonathan erwidert: »Dann habe ich irgendein knarrendes Geräusch verursacht und sie haben mich in meinem Versteck entdeckt. Ich konnte der Horde gerade noch entkommen. Aber seitdem sind sie hinter mir her.« Modesty schaut sich nach diesen Worten im Café um. Werden die beiden vielleicht beobachtet? Aber sie kann keine auffälligen Personen entdecken.

»Es sind mit Sicherheit insgesamt zwölf Gemälde – so viele, wie es Sternzeichen gibt, richtig?«, fragt Modesty Blaise. »Ja, das stimmt. Drei Gemälde befinden sich noch nicht in den Händen der Geheimgesellschaft. Aber das könnte sich bald ändern. Die Geheimgesellschaft will alle zwölf Gemälde haben, um ein altes Rätsel zu lösen.« Modesty steht auf und sagt resolut: »Dann lass uns keine Zeit verlieren!«

Blicken Sie gemeinsam mit Modesty Blaise in die unendlichen Weiten des Weltalls! In jeder Reihe und jeder Spalte soll sich genau ein Stern, ein Planet (dunkler Kreis) und ein Mond (heller Kreis) befinden. Dabei gilt, dass sich gleiche Himmelskörper weder waagerecht, senkrecht noch diagonal berühren dürfen. An den Rändern geben Himmelskörper Hinweise: Ein Stern bedeutet, dass sich Planet und Mond in der Reihe oder Spalte gleich weit vom Stern entfernt befinden; ist hingegen ein Planet zu sehen, bedeutet dies, dass der Planet in der Reihe oder Spalte näher beim Stern steht als der Mond; und wird am Rand ein Mond gezeigt, befindet sich in der Reihe oder Spalte der Mond näher beim Stern als der Planet. Bestimmen Sie die Position der Sterne, Planeten und Monde! Damit Sie vor lauter Grübeln keine Sterne sehen, haben wir drei Himmelskörper bereits vorgegeben.

	★	★	●	●	○
○			○		
●		★			
○					
●			●		
★					

Die Höhle des Löwen

Dank ihrer vielfältigen Kontakte findet Modesty Blaise schnell heraus, dass sich das erste der drei noch nicht im Besitz der Geheimgesellschaft befindlichen Gemälde in den Händen eines privaten Sammlers befindet, der über einen exzentrischen Geist und unendlich viel geerbtes Geld verfügt. Das Gemälde zeigt das Sternzeichen Löwe. Aber den Löwen gibt es nicht nur auf dem Bild zu sehen. Der Sammler hält auch einen waschechten Löwen in seinem Haus!

Modesty Blaise – in großen Teilen selbst eine Raubkatze – gelingt es, in diese Höhle des Löwen einzudringen, und sie steht vor dem gesuchten Gemälde. Aber nun wird sie angegriffen. Nicht von einem Löwen, nicht vom Wachpersonal. Es sind drei überaus kräftige Männer, die den Wächtern des Tierkreises angehören, und die gerade selbst das Gemälde stehlen wollten. Doch die Männer haben nicht mit Modestys Kampfkünsten gerechnet. Mit einer Mischung aus Kung-Fu und Krav Maga setzt sie die drei Angreifer innerhalb von wenigen Sekunden außer Gefecht.

Modesty Blaise ergreift das Gemälde, es ist nicht allzu groß. Ein Alarm ertönt, auch das Brüllen des Löwen, der sich zu nähern scheint. Es wird immer lauter auf dem Anwesen des Sammlers. Aber da ist Modesty bereits in sicherer Entfernung, das Gemälde trägt sie wohlverpackt unter dem Arm, während sie im Schutz der Dunkelheit durch den Park flüchtet. Nun noch schnell über die Mauer geklettert, dann steigt sie zum wartenden Jonathan in den Wagen. Mit quietschenden Reifen rasen die beiden in die Nacht.

Erraten Sie den Löwenanteil? Finden Sie von oben nach unten heraus, welche Zahl anstelle des Fragezeichens gehört!

Das Rätsel des Wassermanns

»Das müsste die Stelle sein«, sagt Jonathan mit einem Blick auf die Seekarte. »Hier ist die ‚Andromeda' vor siebzig Jahren gesunken.« »Und mit ihr das Gemälde mit dem Sternzeichen Wassermann – das passt ja!«, gibt Modesty Blaise zurück. Sie hat bereits die Tauchausrüstung angezogen, gibt Jonathan ein Zeichen und wirft sich rücklings ins Wasser.

Modesty Blaise taucht immer tiefer und erkennt schließlich die verschwommenen Schemen eines versunkenen Schiffes – der »Andromeda«. Es gelingt Modesty, in das Wrack einzudringen, aber sie hat nur noch für wenige Minuten Sauerstoff. Wo könnte sich das Gemälde befinden? Modesty Blaise ist findig und entdeckt einen verschlossenen Safe. Mit einem luftgefüllten Hebeballon bringt sie diesen an die Wasseroberfläche.

Aber oben angekommen, muss Modesty Blaise feststellen, dass vier Mann ihre Jacht geentert haben und Jonathan mit einer Waffe bedrohen. Heimlich und unbemerkt klettert sie auf das Heck des Bootes hoch, tritt zwei der Männer über Bord und entwaffnet mit einem weiteren Tritt den Mann mit der Pistole. Jonathan schubst ihn prompt ins Wasser. Bleibt noch der vierte. Diesen schlägt Modesty mit einem Handkantenschlag bewusstlos und fesselt ihn. Für ihn hat sie später noch ein paar Fragen.

Aber jetzt lässt Modesty vom geübten Jonathan erst mal den Safe knacken. Die beiden haben Glück: Im Safe befindet sich das gesuchte Gemälde, und es ist in unversehrtem Zustand.

Dies ist das Wrack, das Modesty Blaise und Jonathan entdeckt haben. Beginnen Sie beim Einstieg links und führen Sie Modesty Blaise zielsicher zum Safe, der durch einen Kreis dargestellt wird!

Die Waage wagen

Modesty Blaise war noch mal losgezogen, um sich im Keller eines großen Museums etwas »auszuborgen«. Ja, es ist das Gemälde mit dem Sternzeichen Waage. Mit diesem Gemälde kehrt Modesty in das Quartier zurück. Wenn die Mission erfüllt ist, wird sie das Gemälde wieder unbemerkt zurückbringen. Jonathan erwartet Modesty bereits in dem gemieteten Bungalow nahe am Wasser. »Ist er wach?«, will Modesty von ihrem Freund wissen. »Ja«, antwortet Jonathan, »er ist vor einer halben Stunde zu sich gekommen. Geredet hat er bisher aber nicht.« »Na, das werden wir schon ändern«, sagt Modesty fast teuflisch.

Es dauert nur eine gute Stunde, bis der Gefangene über die Geheimgesellschaft auspackt. Die Wächter des Tierkreises sind der Ansicht, dass sie die Weltherrschaft erlangen, wenn sie alle zwölf Gemälde in ihren Besitz bringen. Der Gefangene verkündet: »Die heilige Überlieferung sagt, dass die Welt dem gehöre, der die zwölf Gemälde in die richtige Ordnung bringt.« Modesty Blaise muss bei diesen Worten lachen.

Jonathan fragt: »Was ist denn daran so komisch?« Modesty findet: »Die Wächter des Tierkreises sind ganz schön naiv! Denn der Besitz der zwölf Gemälde führt natürlich nicht zur Weltherrschaft.« Ihr Freund sagt: »Dann ist die Überlieferung also Unsinn?« Modesty sagt: »Nein, nicht ganz. Bringt man die zwölf Gemälde in die richtige Ordnung, zeigen sie, wo ein versteckter Schatz liegt – und mit diesem gehört einem wenigstens ein Stückchen der Welt.«

Ganz schön viel Action, um an eine Waage zu gelangen! Aber damit hat es noch kein Ende. Lösen Sie das folgende Wiegerätsel!

7. Eine Jungfrau und ein Schütze wiegen zusammen so viel wie ein Stier.
8. Eine Jungfrau wiegt so viel wie ein Schütze und ein Steinbock zusammen.
9. Drei Steinböcke wiegen so viel wie zwei Stiere.
10. Wie viele Schützen wiegen so viel wie eine Jungfrau?

Angriff der Wächter

Plötzlich passiert alles ganz schnell! Scheiben klirren, Türen werden eingetreten, Schüsse fegen durch den ganzen Bungalow. Es sind die Wächter des Tierkreises, die schwer bewaffnet eindringen. Aber Modesty Blaise hat damit gerechnet und bereits im Vorhinein einen Fluchtweg ersonnen. Sie schickt Jonathan voraus, um die Gemälde in Sicherheit zu bringen. Dann will sie noch kurz etwas erledigen – nämlich die Angreifer. Nur so hat Jonathan genügend Zeit, mit all den Gemälden zu verschwinden.

Aus einer perfekten Deckung heraus sondiert Modesty von oben die Position der Wächter. Nein, sie will diese nicht töten, aber ihnen einen schmerzhaften Denkzettel verpassen. Mit katzenartigen Sprüngen findet die wohl beste Kämpferin aller Zeiten die besten Schusspositionen und knallt den Wächtern Gummigeschosse vor den Latz, sodass diesen sofort schwarz vor Augen wird. Es ist ein kurzes und nur für die Wächter des Tierkreises schmerzhaftes Gefecht.

Noch vier letzte Wächter stellen sich Modesty Blaise in den Weg. Diese tritt sie bewusstlos, und das klingt ungefähr so: Knuff, Bäng, Zong, Klirr, Doing! Dann herrscht Ruhe und Modesty folgt Jonathan zum vereinbarten Versteck.

In jeder Reihe und in jeder Spalte befinden sich genau zwei Angreifer. Schwärzen Sie die Felder, in denen sich diese befinden! In die anderen Felder tragen Sie die Zahlen von 1 bis 4 so ein, dass jede Reihe und jede Spalte jede der Zahlen genau einmal enthalten. Die Zahlen an den Rändern besagen, welche Summen die Zahlen zwischen zwei geschwärzten Felder in der jeweiligen Reihe oder Spalte ergeben.

	0	1	3	0	5	7
0						
1						
2						
0						
10						
4						

Der Schatz

Im Versteck kann sich die smarte Frau endlich der Lösung des Rätsels widmen – mit den Fotos, die Jonathan von den neun Gemälden im Besitz des Geheimbunds gemacht hat und mit den drei Originalen, die sich die beiden mit einiger Mühe beschafft haben.

Modesty findet heraus: »Wenn wir die Bilder in eine bestimmte Reihenfolge bringen, verweisen sie letztendlich auf Koordinaten – den Ort, an dem wir den Schatz finden.« Sie meistert die Herausforderung dank ihres wachen Verstands mit einigen messerscharfen Schlussfolgerungen. Gemeinsam mit Jonathan begibt sie sich zu dem Ort, auf den die Gemälde verweisen. Es ist ein alter Eichenbaum.

Jonathan und Modesty graben bei dem Baum und finden den Schatz, der dank des gestiegenen Goldpreises gut und gern ein paar Millionen wert sein dürfte. »Tja, damit dürften auch deine Geldprobleme gelöst sein«, meint Modesty Blaise verschmitzt zu ihrem Freund. Jonathan fragt: »Ja, willst du denn nichts von dem Schatz abhaben?« Modesty winkt ab: »Nein, danke, ich habe alles, was ich brauche. Mir genügt als Belohnung der Spaß, den ich bei dieser Mission hatte!«

Hier rechnen Sie mit fünf Symbolen, die verschiedene Tierkreiszeichen repräsentieren. Jedes Symbol entspricht einer Ziffer. Aber welcher?

♍ ♑ – ♑ ♌ = ♓ ♓

♑ ♑ – ♌ ♌ = ♓ ♓

♈ × ♓ ♌ = ♑ ♌

LORD PETER WIMSEY

Lord Peter Wimsey: Brillante Detektivarbeit mit Stil und Klasse

Bekannt für seinen etwas exzentrischen, aber brillanten Verstand, seinen Witz und seinen unerschütterlichen Einsatz für die Gerechtigkeit, ist Lord Peter Wimsey eine der bekanntesten Figuren des goldenen Zeitalters des Krimi-Genres. Erschaffen von der englischen Autorin Dorothy Leigh Sayers hat sich seine Persönlichkeit seit seinem allerersten Auftritt im Roman „Whose Body?“ (deutsche Ausgabe: „Der Tote in der Badewanne“) im Jahr 1923 bis zum letzten im Jahr 1937 stark entwickelt.

Lord Peter Death Bredon Wimsey ist ein Adliger, der seine üppige Freizeit nutzt, um mysteriöse Verbrechen aus reiner Neugier und seinem Interesse an der menschlichen Natur zu lösen. Die Herkunft aus adeliger Familie verschafft ihm dabei einen leichten Zugang zu den interessantesten Personen und Fällen. Sein Kriegskamerad und treuer Diener Mervyn Bunter, sein Freund Inspektor Charles Parker, später auch seine Frau Harriet Vane, eine Kriminalautorin, begleiten und unterstützen ihn bei seiner Detektivarbeit.

Wimseys Charakter ist geprägt von seiner Zeit als Soldat während des Ersten Weltkriegs. Diese Erfahrung hat tiefe Spuren in seiner Psyche hinterlassen und er kämpft in einigen

Geschichten mit den Folgen einer posttraumatischen Belastungsstörung. Ein weiteres interessantes Detail ist, dass Wimsey nicht nur ein Detektiv, sondern auch ein begeisterter Büchersammler und ein Kenner alter Weine ist. Auch als Musiker und Glockenläuter stellt er seine Vielseitigkeit allzu gern unter Beweis.

Eine der interessantesten Beziehungen in den Geschichten ist die zwischen Lord Peter und Harriet Vane, einer Kriminalautorin, die später seine Frau wird. Ihr Zusammentreffen beginnt im Roman „Strong Poison" („Starkes Gift"), in dem Harriet des Mordes angeklagt ist und Peter, von ihrer Unschuld überzeugt, sie verteidigt.

In der BBC-Fernsehserie aus den 1970er-Jahren, die auf den Romanen basiert, wurde Lord Peter Wimsey von Ian Carmichael dargestellt. Carmichaels Darstellung von Wimseys herausragender Intelligenz und seinem scharfsinnigen Witz hat die Figur auf dem Bildschirm lebendig werden lassen und dazu beigetragen, sie einem breiteren Publikum bekannt zu machen.

WISSENSQUIZ

1. Wer hat die Figur des Lord Peter Wimsey erfunden?

A Arthur Conan Doyle
B Dorothy L. Sayers
C Agatha Christie
D Gilbert Keith Chesterton

2. In welchem Jahr wurde die Figur des Lord Peter Wimsey zum ersten Mal vorgestellt?

A 1900
B 1923
C 1945
D 1960

3. Wie heißt die Ehefrau von Lord Peter Wimsey?

A Miss Lemon
B Lady Agatha
C Harriet Vane
D Anne Beddingfeld

4. Welche Sportart liebt Lord Peter Wimsey?

A Fußball
B Cricket
C Polo
D Golf

5. Welche Fahrzeug-Marke fährt Lord Peter Wimsey in den meisten Romanen?

A Bentley
B Rolls-Royce
C Aston Martin
D Daimler

6. Welcher Schauspieler spielte Lord Peter Wimsey in der BBC-Serie der 1970er-Jahre?

A David Suchet
B Ian Carmichael
C Peter Ustinov
D Laurence Olivier

7. Wer vervollständigte Sayers letzten, unvollendet gebliebenen Kriminalroman und brachte Lord Peter Wimsey in einer Reihe von Fortsetzungsromanen zurück?

A Jill Paton Walsh
B Sophie Hannah
C Kate Atkinson
D Anthony Horowitz

Die Melodie des Todes

Ein unnatürlich natürlicher Tod

Ein steifer Nordwind bläst durch London. Lord Peter Wimsey, der Gentleman-Detektiv mit einer Vorliebe für knifflige Kriminalfälle, hat sich in seine Bibliothek zurückgezogen und blättert gerade in einer Erstausgabe von Shakespeares Sonetten. »Und bis zur Tat voll Mord und Meineid, Blut und Ungemach …«, liest er sich gerade selbst laut vor, als ihm vom Dienstmädchen ein fröstelnder Besucher gemeldet wird.

Nur wenig später sitzen Lord Peter Wimsey und Inspektor Parker beisammen und trinken extra heißen Tee. »Wir stehen bei einem aufsehenerregenden Mord leider vor einem Rätsel«, klagt der Inspektor. »Und ich bitte Sie um Ihre Unterstützung, Lord Peter!«, kommt der Beamte von Scotland Yard schnell zur Sache.

»Es geht sicherlich um den Tod des berühmten Komponisten Sir Edward Harmon, von dem gestern in der Times zu lesen war?«, vermutet der Gentleman-Detektiv. »Ja, Sie haben voll ins Schwarze getroffen«, erwidert Inspektor Parker. »Der Komponist wurde vorgestern, also am Dienstagmorgen tot in seinem Musikzimmer aufgefunden, und zwar ohne äußere Verletzungen. Und die Tür war verschlossen. Alles sieht zwar nach einem natürlichen Tod aus …« »Aber es gibt Ungereimtheiten«, vollendet Lord Peter Wimsey den Satz. »Ein unnatürlich natürlicher Tod sozusagen.« Der Inspektor nickt.

Haben Sie den Nachnamen des verstorbenen Sir Edward registriert? Die Buchstaben des Nachnamens sollen in jeder Reihe, in jeder Spalte und in jedem Bereich aus sechs Feldern genau einmal vorkommen. Füllen Sie die leeren Felder!

	A				H
H	O				
	N	O			
	R			O	N
	M			R	A
			M		

Ohne Noten

Lord Peter Wimsey begleitet Inspektor Parker zum überaus prächtigen Anwesen des verstorbenen Komponisten. Das Haus liegt idyllisch inmitten eines weitläufigen Gartens. Die Leute der Spurensicherung haben ihre Arbeit längst erledigt und den Toten zum Leichenschauhaus gebracht, wo er zurzeit obduziert wird. »Welch tragisches Ende für einen Mann der Musik«, murmelt der Gentleman-Detektiv und nimmt seinen Hut ab, während der Mann von Scotland Yard ihm den Vortritt in das Haus lässt.

Inspektor Parker führt Lord Peter Wimsey zum sehr großen und unübersichtlichen Musikzimmer des Komponisten. »Sir Edward lag in Todesstarre neben seinem Konzertflügel, als die Haushälterin ihn am Dienstagmorgen fand«, erklärt Parker. »Er scheint während des Musizierens einen Herzstillstand erlitten zu haben und innerhalb von Sekunden verstorben zu sein. Aber …« »Der Komponist war noch nicht sonderlich alt. Und sein Arzt hat Ihnen mitgeteilt, dass sein Herz kerngesund war«, sagt der Gentleman-Detektiv. Inspektor Parker staunt über dessen Geistesgabe und stimmt überrascht zu: »Ganz genau!«

Lord Peter Wimsey betrachtet das Musikzimmer eingehend. Sein Blick fällt auf den Flügel. Er fragt den Inspektor: »Wurde hier außer der Leiche von Sir Edward noch etwas entfernt?« Der Inspektor antwortet: »Nein, nichts.« »Hm, keine Noten auf dem Flügel. Für einen Komponisten ist das doch äußerst merkwürdig«, bemerkt Wimsey nachdenklich.

Als Lord Peter Wimsey einen Blick auf die Tasten des Konzertflügels wirft, kommt ihm eine Zahlenspielerei in den Sinn. Welche Zahlen gehören auf die beiden leeren schwarzen Tasten? Lord Peter Wimsey fordert Sie zum Querdenken auf!

Die Ohrenzeugin

Die Haushälterin wird hereingebeten. Sie wirkt verstört und ihre Hände zittern leicht. »Ich war an jenem Tag rund um die Uhr im Haus«, berichtet sie mit brüchiger Stimme. »Und ich habe nichts Ungewöhnliches gehört, wie ich Ihnen ja schon gesagt habe. Um zehn Uhr abends habe ich Sir Edward noch spielen hören. Er hat wohl eine neue Melodie komponiert, von der bereits einige Besucher schwärmten. Er war ganz vertieft darin. Ach ja, am Nachmittag waren seine drei Schüler zu Besuch.«

Die Blicke von Lord Peter Wimsey und dem Inspektor treffen sich. Beide fragen sich im selben Moment, warum dann keine Noten auf dem Flügel zu finden waren, wenn er komponiert hat. »Gehört haben Sie Sir Edward respektive seine Musik also noch um zehn Uhr abends. Und wann haben Sie ihn zuletzt lebend gesehen?«, will Wimsey wissen. »Das war«, antwortet die Haushälterin nach kurzer Überlegung, »gegen sieben Uhr abends, als ich ihm sein von mir frisch zubereitetes Essen ins Musikzimmer gebracht habe.«

Die Haushälterin sagt noch aus, dass Sir Edward Harmon an dem Abend nicht mehr gestört werden wollte und sich eingeschlossen habe. Sie habe sich, wie es ihre Gewohnheit war, bereits um acht Uhr hingelegt und wäre nur aufgestanden, wenn Sir Edward geklingelt hätte. Um zehn Uhr abends habe sie sich aber noch mal erhoben und alles für den nächsten Morgen vorbereitet – so wie jeden Tag. Nur sie habe einen weiteren Schlüssel, mit dem sie das Musikzimmer am Morgen betreten habe, als Sir Edward auf mehrfaches Klopfen und Rufen nicht reagiert habe.

»Und wer hat eigentlich«, fragt Lord Peter Wimsey die Haushälterin noch mit Blick auf die vier Geschirrteile, die er auf einem Tischchen erspäht, »das Geschirr gereinigt?« »Ja, das ist seltsam«, kommt rasch zur Antwort. »Das muss Sir Edward nach dem Dinner gemacht haben, aber das war sonst gar nicht seine Art.« Und wo der Schlüssel des Hausherrn abgeblieben sei, fragt Wimsey. Die Haushälterin erklärt, der habe im Musikzimmer vor der Tür gelegen. Sie habe ihn aufgehoben und in die Tasche gesteckt.

Das sind eine Menge Informationen, die Lord Peter Wimsey nun beginnt, in seinem klugen Kopf zu sortieren. Unter anderem addiert er alle Zahlwörter (aber keine Formen von einer/eine/ein), die in dem Text genannt werden. Sich wiederholende Zahlwörter zählt er nur einmal. Tun auch Sie dies – und zwar möglichst, ohne noch mal nachzulesen!

Das Ergebnis der Obduktion

Inspektor Parker wird das Ergebnis der Obduktion von Sir Edwards Leichnam gemeldet – und dies reicht er gleich an Lord Peter Wimsey weiter: »Die Gerichtsmediziner haben festgestellt, dass Sir Edward mit einer seltenen Substanz vergiftet wurde, kaum nachweisbar.« Etwas Ähnliches habe er bereits vermutet, erwidert Lord Peter Wimsey. »Aber wer konnte das frisch zubereitete Essen vergiften? Eigentlich bleibt doch nur die Haushälterin als Täterin übrig, nicht wahr?« Wimsey ist mit dieser Hypothese ganz und gar nicht einverstanden. Er halte die Haushälterin für harmlos, lässt er den Inspektor wissen.

»Also hat sich der Komponist womöglich selbst …?« Inspektor Parker vollendet seinen Satz nicht, denn er bemerkt, wie Lord Peter Wimsey langsam und nachdenklich den Kopf schüttelt. »Warum lag der Schlüssel vor der Tür? Warum steckte er nicht im Schloss?«, fragt er mehr sich selbst als den Inspektor. Denn dass auch jener keine Erklärung für diesen seltsamen Umstand hat, ist wohl klar.

Auch auf den Geschirrteilen lassen sich – trotz Reinigung – Spuren des Giftes nachweisen. Man muss nur wissen, wonach man sucht!

Auf jedem der Geschirrteile stehen die Buchstaben des Wortes POISON (englisch für Gift). Aber welcher ist der größte Buchstabe? Messen Sie nicht nach, sondern schätzen Sie dies nur ab!

Die Meisterklasse

Sir Edward Harmon hatte, wie ja auch die Haushälterin ausgesagt hat, am Montagnachmittag in seinem Musikzimmer eine Meisterklasse von drei vielversprechenden jungen Musikern unterrichtet, die nun einer nach dem anderen befragt werden. Inspektor Parker gestattet Lord Peter Wimsey, dabei das Wort zu führen.

Die erste befragte Person ist eine junge, lockenköpfige Frau namens Lucy. Sie gibt zu, dass sie Sir Edward nicht sonderlich mochte, nein, sogar verachtete. Auf Nachfrage teilt sie mit, dass dieser ihr mehrfach an die Wäsche gehen wollte, wenn sie mit ihm allein war. Aber sie könne ihn gar nicht getötet haben, wenn er um zehn Uhr abends noch putzmunter musizierte, denn ab halb zehn habe sie sich die Spätvorführung eines Filmes im Kino angeschaut. Ja, die Kinokarte habe sie noch.

Als Lucy den Befragungsraum verlassen hat, meint Inspektor Parker: »Also, ich finde diese junge Frau verdächtig. Aber sie hat ein Alibi.« Lord Peter Wimsey: »Nun ja, wenn sie eine Kinokarte als Alibi durchgehen lassen wollen.« »Zumindest hatte sie ein starkes Motiv«, gibt der Inspektor zu bedenken. Dem kann Wimsey nicht widersprechen.

Welches Instrument beherrscht Lucy meisterhaft? Setzen Sie das Instrument im Kopf aus diesen fünf Teilen zusammen und benennen Sie es!

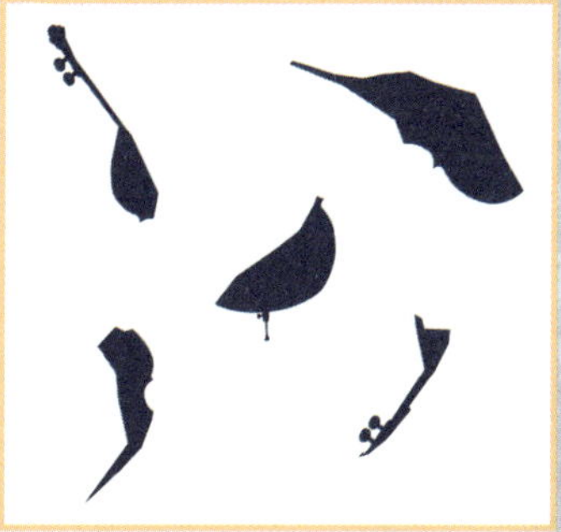

Abgrundtiefer Hass

Der nächste Musiker, der zur Befragung gebeten wird, ist eine etwas ungewöhnliche Person namens Wayne. Obwohl er schon 24 ist, scheint er noch mitten in der Pubertät zu stecken. Seine Antworten sind trotzig und kämpferisch.

»Sie haben Medizin studiert, bevor Sie sich der Musik zuneigten«, stellt Lord Peter Wimsey fest. Der junge Mann antwortet: »Ja, und? Geht Sie das vielleicht was an?« »Mochten Sie denn Sir Edward?«, will der Gentleman-Detektiv von dem Befragten wissen. Der erwidert: »Ach wissen Sie, Sir Edward Harmon hat etwas von meinem Vater … Also nein, ich mochte ihn nicht – ich hasste ihn abgrundtief!«

Inspektor Parker schaltet sich ein: »Was haben Sie am Montag unternommen, nachdem Sie die Meisterklasse im Haus von Sir Edward beendet hatten?« Wayne antwortet: »Bin nach Hause. Hab die Tür meines Apartments zugeknallt. Gelesen, nachgedacht, geschlafen.« Der Inspektor: »Sie haben keine Zeugen?« Der junge Mann erwidert: »Außer ein paar Bettwanzen: nee. Bin ich jetzt verhaftet?«

Nein, auch Wayne wird entlassen. Inspektor Parker und Lord Peter Wimsey wechseln danach keine Worte, nur einige vielsagende Blicke.

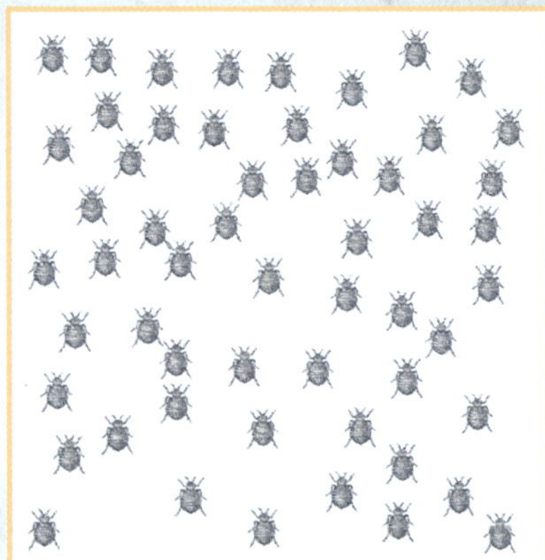

Wayne spielt unter anderem Pauke. Immer, wenn er in seinem Apartment übt, wirbeln die Bettwanzen durch die Luft. Können Sie dennoch alle zählen?

Alibi mit Romantikfaktor

Schließlich wird noch Samuel befragt. Allerdings nur der Form halber, wie der Inspektor Wimsey mitteilt, denn Samuel habe ein wasserdichtes Alibi. Er sei ab acht Uhr abends mit seiner Freundin Clara zusammen gewesen. Diese sei absolut glaubwürdig. Lord Peter Wimsey findet allerdings, dass dieser Samuel hinterlistig dreinblickt, auch wenn das Gespräch mit ihm nichts Verdächtiges oder Anstößiges zutage bringt.

Wimsey möchte aber auch noch mit Samuels Freundin Clara reden, und zwar allein. Clara sagt begeistert: »Samuel ist absolut fantastisch! Ja, ich war am Montagabend ab etwa sieben Uhr abends mit ihm zusammen. Er ist ja so romantisch!« Der Gentleman-Detektiv fragt diskret, aber neugierig: »Wie äußert sich denn diese Romantik?« Die Freundin erzählt: »An dem Abend hat er mir die Augen verbunden und mich in einen Raum geführt, in dem er mir dann eine wunderbare Melodie vorgespielt hat.« »Ach so?«, sagt Wimsey.

Nach der Befragung fällt Clara dem draußen nervös wartenden Samuel in die Arme. »Wir wollen bald heiraten«, sagt Samuel zum Abschied zu Lord Peter Wimsey. »Auch das will gut überlegt sein«, erwidert dieser.

Hier sehen Sie nur einige der Noten, die Samuel seiner Freundin Clara an jenem Abend vorgespielt hat. Teilen Sie die zwanzig Felder in fünf Bereiche mit jeweils vier Feldern und je zwei Noten ein, und zwar so, dass Felder mit einer gleichartigen Form auch zwei gleiche Noten enthalten.

Melodie-Motiv

Nun ist Lord Peter Wimsey natürlich alles klar – außer dem Motiv. Er wendet sich an Inspektor Parker: »Lassen Sie doch bitte den mutmaßlichen Mörder abholen!« Der Inspektor erwidert verblüfft: »Sie meinen diesen Wayne?« Aber Lord Peter Wimsey antwortet: »Samuel selbstverständlich!« Dieser habe sich am Montagabend in Sir Edwards Musikzimmer versteckt und um kurz nach sieben heimlich dessen Essen vergiftet. Nach dem Ableben des Maestros habe er das verräterische Geschirr von Giftspuren befreit. Später sei er mit seiner Freundin zurückgekehrt, die mit verbundenen Augen nichts von dem Schrecken ahnte. Nachdem die Haushälterin im Anschluss an ihre Vorbereitungen für den nächsten Tag schlafen ging, habe Samuel seine Freundin auf leisen Sohlen hinausgeführt, das Musikzimmer hinter sich zugesperrt und den Schlüssel unter der Tür durch zurück ins Musikzimmer geschoben.

»Aber warum haben Sie auch die Noten von Sir Edward entwendet?«, will Lord Peter Wimsey vom mutmaßlichen

Mörder wissen. Die Wut bricht aus dem nun geständigen Samuel heraus: »Es waren nicht seine Noten, es waren meine, verdammt! Sir Edward Harmon hat mir die Melodie gestohlen und schon mehrere Melodien zuvor. Er heimste den ganzen Ruhm ein und das ganze Geld dafür – und speiste mich mit Almosen ab. Aber ich wollte bald heiraten, ich konnte das nicht länger zulassen!«

»Also führten Sie Ihre Freundin mit verbundenen Augen in einen Raum, in dem bereits die Leiche von Sir Edward lag. Sie spielten ihr auf dem Flügel vor, um die Haushälterin im Glauben zu lassen, Sir Edward sei zu diesem Zeitpunkt noch am Leben. Damit wollten Sie sich ein Alibi verschaffen.« Samuel nickt, gleichzeitig den Kopf schüttelnd, dann bricht er weinend zusammen.

Samuel ist also der Mörder, wer hätte das gedacht? Haben Sie auch beim Lösen dieser letzten Aufgabe Samuel vor Ihrem geistigen Auge: Welche beiden Zahlen fehlen hier?

Zu guter Letzt

Samuel kommt mit lebenslanger Kerkerhaft davon. Lord Peter Wimsey hat nicht gerade Mitleid, aber er verschafft dem Delinquenten doch noch die Genugtuung, dass dessen Melodien nun unter seinem Namen veröffentlicht werden. Clara besucht Samuel hin und wieder in der Haft, liebt ihn jedoch nur noch wie einen Bruder. Denn Clara hat jetzt einen neuen Verlobten – den nun gar nicht mehr so trotzigen Wayne …

Lösungen

Miss Marple

Seite 8/9

1. A) Miss Marple lebt im fiktiven kleinen Dorf St. Mary Mead in der ebenso erdachten Grafschaft Downshire. In den Verfilmungen mit Margaret Rutherford wohnt Miss Marple dagegen in der Old Pasture Lane im frei erfundenen Dorf Milchester.

2. D) Miss Marple verbringt viel Zeit mit Stricken. Es ist ihre liebste Freizeitbeschäftigung.

3. B) Agatha Christie hat zwölf Romane und 20 Kurzgeschichten mit Miss Marple als Hauptfigur geschrieben, die zwischen 1927 und 1976 erschienen.

4. B) Der erste Roman, in dem Miss Marple als Hauptfigur auftaucht, heißt „Mord im Pfarrhaus" („The Murder at the Vicarage") aus dem Jahr 1930.

5. C) Miss Marple wird in den Filmen von dem Bibliothekar Mr. Stringer (dargestellt von Stringer Davis) begleitet, der in den literarischen Vorlagen jedoch nicht vorkommt. Margaret Rutherford hatte darauf bestanden, dass ihr Ehemann in den Filmen mitspielt, und so wurde eine dauerhafte Rolle für ihn dazugeschrieben.

6. D) Raymond West, ein erfolgreicher Schriftsteller, ist Miss Marples Neffe. Er kümmert sich sehr um sie, unterstützt sie ab und zu finanziell und sorgt sich sehr um ihre Gesundheit.

7. B) Der Australier Charles Tingwell spielte den dienstbeflissenen Inspektor Dermot Craddock, der ihren Theorien erst keinen Glauben schenkt, sich am Ende aber stets eines Besseren belehren lassen muss.

8. C) Miss Marple ist von Anfang an eine ältere Dame. Sie scheint in den ersten Kurzgeschichten ungefähr 65 Jahre alt zu sein und trägt bei ihrem ersten Auftreten ihr weißes Haar hochgesteckt unter einer schwarzen Spitzenhaube. In „Bertrams Hotel" kann man ihr Alter laut ihrer Aussagen auf ungefähr 74 Jahre schätzen.

9. B) Joan Hickson spielte Miss Marple in dieser zwölfteiligen Fernsehserie der BBC. Diese Serie zeichnet sich durch eine exquisite Ausstattung aus.

10. C) Ihr Leben scheint sie aus dem Erbe ihrer Eltern zu bestreiten, sie muss aber sehr sparsam wirtschaften. Ihr Vater scheint Domherr einer Kathedrale gewesen zu sein.

Seite 10/11

Tür C führt Miss Marple und Mr. Stringer ins Herrenhaus.

Seite 12

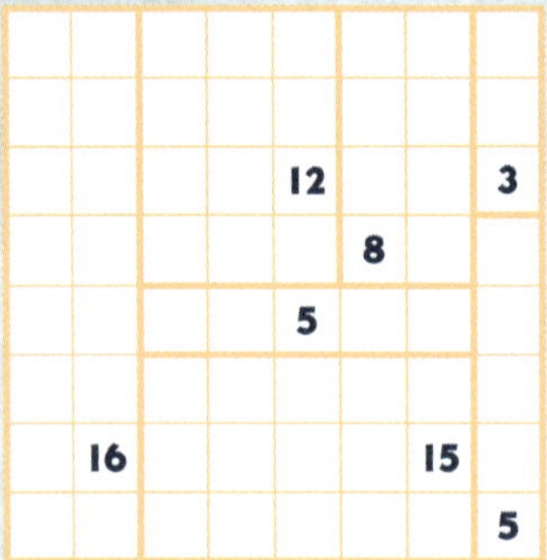

Seite 13

Mr. Baxter hat den Vertrag auf dem Foto mit der linken Hand unterschrieben, also war er Linkshänder. Die abgefeuerte Pistole wurde jedoch bei seiner rechten Hand gefunden. Ein Linkshänder würde sich aber mit an Sicherheit grenzender Wahrscheinlichkeit mit der Waffe in der linken Hand erschießen.

Seite 14

Bei Buchrücken B stehen die Buchstaben deutlich näher aneinandergerückt. Es ist das gesuchte Buch, das Miss Marple der Lösung des Falles näherbringen wird.

Seite 15

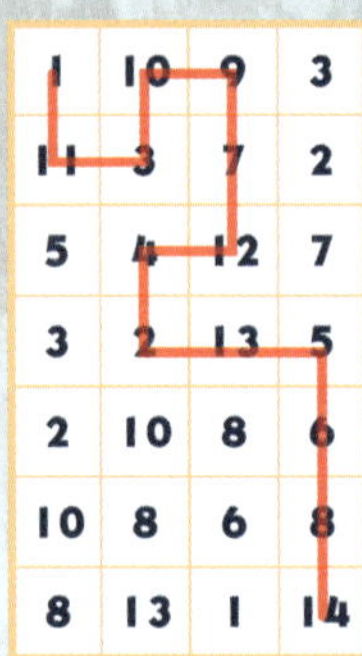

Seite 16

Jeder Buchstabe von Dncemyqqf wird um zwei Positionen im englischen Alphabet nach vorn gesetzt. So ergibt sich der Name Blackwood.

D	n	c	e	m	y	q	q	f
B	l	a	c	k	w	o	o	d

Seite 17

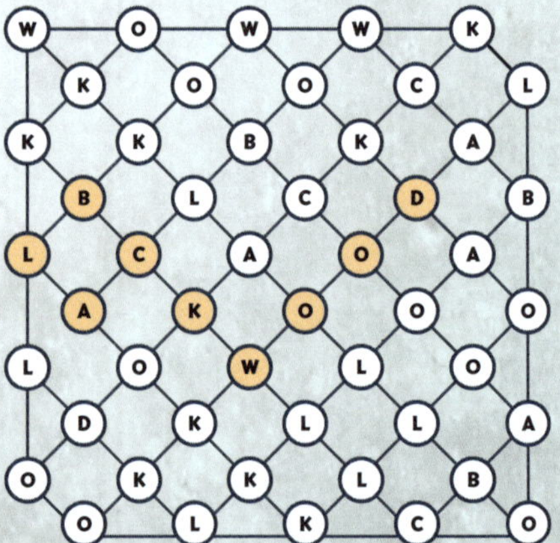

Sherlock Holmes

Seite 22/23

1. B) Arthur Conan Doyle ist der Autor der Geschichten mit Sherlock Holmes. Er hat insgesamt vier Romane und 56 Kurzgeschichten mit Sherlock Holmes als Protagonist verfasst.

2. A) Sherlock Holmes und sein Freund Dr. John Watson wohnen in der Baker Street 221B in London, England.

3. D) Mrs. Hudson kümmert sich um die Wohnung in der Baker Street 221B.

4. B) Sherlock Holmes spielt Violine. In mehreren Geschichten wird beschrieben, wie er sich beim Spielen der Geige entspannt und nachdenkt.

5. C) Dr. Moriarty ist als kriminelles Genie häufig Widersacher von Sherlock Holmes. Holmes bezeichnet ihn als „Napoleon des Verbrechens“.

6. B) Dr. Watson ist Arzt und der ständige Begleiter und Freund von Sherlock Holmes.

7. C) Inspector G. Lestrade von Scotland Yard ist häufig ein Verbündeter von Sherlock Holmes, obwohl Holmes seine Fähigkeiten oft kritisiert.

8. C) Basil Rathbone und Nigel Bruce drehten zusammen vierzehn Sherlock-Holmes-Filme, die zwischen 1939 und 1946 produziert wurden.

9. A) Benedict Cumberbatch spielte Sherlock Holmes in der BBC-Serie „Sherlock“ im heutigen London.

10. C) Jude Law verkörperte Dr. Watson in den Sherlock-Holmes-Filmen aus den Jahren 2009 und 2011.

Seite 24

O	T	N	W	A	S
W	S	A	O	N	T
T	A	W	S	O	N
S	N	O	T	W	A
A	W	S	N	T	O
N	O	T	A	S	W

Seite 25

Seite 26

	3	2	3	1	3	
3		○	○	●	○	2
1		●	○	○	○	4
2	○		●	○		2
3	○	○			●	1
1	●	○		○	○	4
	1	3	1	4	2	

Seite 27

Lösung B ist korrekt. Von der ersten zur zweiten Uhr sind es zwei Stunden, von der zweiten zur dritten Uhr drei Stunden und von der dritten zur vierten Uhr vier Stunden Unterschied. Von der vierten zur fünften Uhr müssen es also fünf Stunden Unterschied sein.

Seite 28

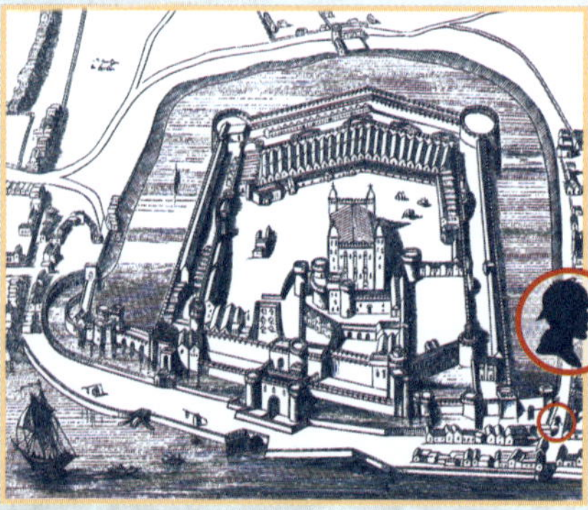

Seite 29

1	1		x	2
x	1	3	x	3
2			x	2
	x			2
1	1	1	1	x

Seite 30

Seite 31

Es ist ein Rabe. Führt er zur Lösung des Falles oder ist das nur rabenschwarzer Humor?

Seite 32

2
4
2
2
3
6
6

5 5 3 0 5 5 2

Hercule Poirot

Seite 36/37

1. C) Das Markenzeichen von Hercule Poirot ist sein gepflegter und markanter Schnurrbart.

2. B) Poirot ist ein pensionierter belgischer Polizeibeamter, der nun als Privatdetektiv ermittelt.

3. B) Poirot tritt erstmalig 1920 in Agatha Christies Debütroman „Das fehlende Glied in der Kette" auf.

4. D) Poirot treibt den steifen britischen Scotland-Yard-Chefinspektor James „Jimmy" Japp häufig zur Verzweiflung – am Ende ist ihm der Polizeibeamte dennoch jedes Mal dankbar.

5. B) In einigen Hercule-Poirot-Romanen hat der Meisterdetektiv den treuen und loyalen, wenn auch etwas begriffsstutzigen Captain Arthur Hastings als Begleiter an seiner Seite.

6. C) Hercule Poirot tritt in insgesamt 33 Romanen von Agatha Christie auf.

7. D) In „Mord im Orient-Express" klärt Poirot einen Mord im Zug von Istanbul nach Calais auf. Der Roman erschien 1934 in Großbritannien und wurde mehrfach verfilmt.

8. A) David Suchet verkörperte Poirot in der Serie „Agatha Christie's Poirot".

9. B) Peter Ustinov spielte Hercule Poirot in den drei Kinofilmen „Tod auf dem Nil" (1978), „Das Böse unter der Sonne" (1982) und „Rendezvous mit einer Leiche" (1988) sowie in drei Fernsehfilmen.

10. A) Kenneth Branagh führte Regie bei „Mord im Orient Express" (2017) und spielte auch die Rolle des Poirot.

Seite 38

In Waggon 16 befinden sich 21 Fahrgäste. Warum? Da jeweils vier aufeinanderfolgende Waggons die Summe 200 bilden, gilt dies auch für die Waggon-Reihe 1, 2, 3, 4, die Reihe 5, 6, 7, 8, die Reihe 9, 10, 11, 12 sowie die Reihe 13, 14, 15, 16. Auf die ersten sechzehn Waggons entfallen also exakt 800 Fahrgäste. In den Waggons 17, 18 und 19 müssen sich demnach 979 – 800 = 179 Fahrgäste befinden. Da auch die Waggon-Reihe 16, 17, 18, 19 die Summe 200 ergeben muss, zeigt sich, dass sich in Waggon 16 genau 200 – 179 = 21 Fahrgäste befinden.

Seite 39

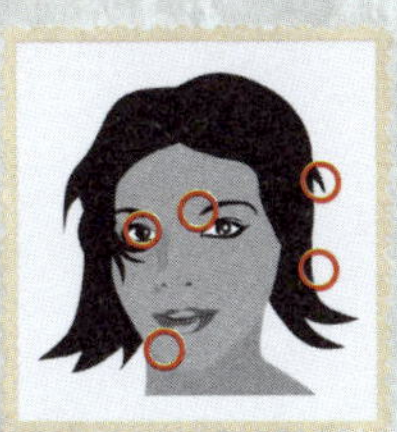

Seite 40

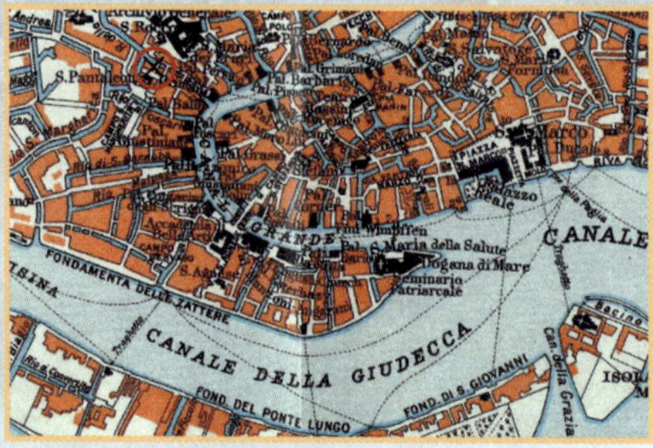

Seite 41

	↓	↙	↘	↙	
→	3	1	3	3	↙
↘	2	2	1	5	←
↘	4	0	2	1	↖
→	5	6	2	3	←
	↗	↖	↖	↑	

Seite 42

Der Angestellte des Mannes von Bettina de la Bianca heißt mit Vornamen ENRICO.

Seite 43

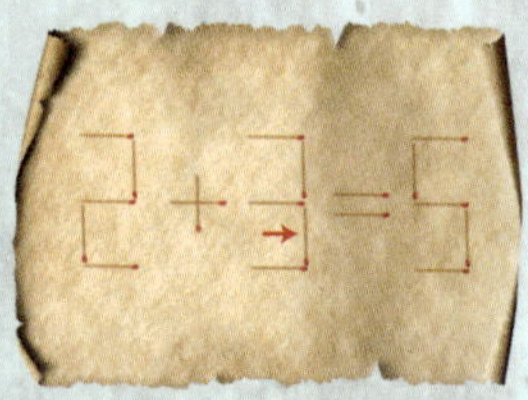

Seite 44

5	2	3	4	1	6
6	1	4	5	2	3
2	3	5	6	4	1
4	6	1	2	3	5
1	4	6	3	5	2
3	5	2	1	6	4

Seite 45

Der Schatz enthält gar keine Goldbarren! Bestünde der Schatz aus einem oder zwei Goldbarren, dann würden die Carabinieri 1 und 2 die Wahrheit sagen. Wären es drei Goldbarren oder mehr, dann sagten die Carabinieri 1 und 3 die Wahrheit. Wenn der Schatz gar keinen Goldbarren enthält, sagt nur der zweite Carabiniere die Wahrheit.

Seite 46

2	3	2	5	2	2
8	6	6	8	8	5
4	3	4	6	6	3
3	2	1	4	4	2
6	5	3	3	3	1

Philip Marlowe

Seite 50/51

1. C) Philip Marlowe ist die Schöpfung von Raymond Chandler, der ihn in seinen Romanen als hartgesottenen Privatdetektiv in Los Angeles porträtiert.

2. A) Philip Marlowe trat erstmals in „The Big Sleep" auf, der 1939 veröffentlicht wurde.

3. B) Marlowe hat sein Büro in der Innenstadt von Los Angeles im sechsten Stockwerk eines Gebäudes am Hollywood Boulevard.

4. C) Philip Marlowe ist bekannt für seine tiefgründigen Monologe, die oft eine introspektive Sicht auf das Leben und die Gesellschaft bieten.

5. D) Marlowe war zuvor Assistent des Bezirksstaatsanwalts, wurde jedoch wegen offener Auflehnung entlassen, wie er in „The Big Sleep" nicht ohne Stolz anmerkt.

6. B) Raymond Chandler hat sieben Romane mit Philip Marlowe als Hauptfigur geschrieben. Als letztes Werk erschien 1958 „Playback" („Spiel im Dunkel").

7. D) Der Film „Tote schlafen fest" aus dem Jahr 1946 wurde von Howard Hawks inszeniert.

8. C) Robert Mitchum spielte Philip Marlowe in „The Big Sleep" von 1978.

9. A) Regie führte Robert Altman. „Der Tod kennt keine Wiederkehr" wird sowohl als Satire auf den Film noir als auch als Abgesang auf diesen angesehen.

10. C) Lauren Bacall spielte die Rolle der Vivien, die ältere Tochter des Auftraggebers General Sternwood, in „The Big Sleep" von 1946.

Seite 52

Philip Marlowe kann in dieser Nacht noch fünf Zigaretten rauchen. Denn jede gerauchte Zigarette ergibt wieder einen Stummel, den er verwenden kann.

Seite 53

Es dauert eine Stunde, bis sie einschlafen kann. Die erste Tablette nimmt sie sofort ein, die zweite nach 30 Minuten, die dritte nach einer Stunde.

Seite 54

♥ = 1; ♣ = 2; ♠ = 3; ♦ = 5

Die Gleichungen lauten:
13 + 12 = 25
32 − 11 = 21
5 × 3 = 15
55 : 5 = 11

Seite 55

Lösung E ist richtig. Nur die Bruchstücke A, B, C, D und F bilden gemeinsam den

SHOT

Seite 56

2	8	1	4	4	2
2	4	4	1	6	5
5	6	1	4	7	0
0	7	4	1	4	8
8	4	1	4	9	8

Wir geben es zu: ein kniffliges Rätsel! Aber ein Safe muss ja auch gut gesichert sein. In einer Reihe bilden jeweils die erste und die zweite Ziffer sowie die dritte und vierte Ziffer eine zweistellige Zahl, die addiert die durch die Ziffern 5 und 6 dargestellte, ebenfalls zweistellige Zahl ergeben.

Bei der jeweils nächsten Reihe sind die ersten vier Ziffern vorgegeben. Ziffer 1 entspricht Ziffer 6 der vorigen Reihe, Ziffer 2 entspricht Ziffer 5 der vorigen Reihe, Ziffer 3 entspricht Ziffer 4 der vorigen Reihe und Ziffer 4 entspricht Ziffer 3 der vorigen Reihe. Die Ziffern 5 und 6 ergeben sich durch die Addition der zweistelligen Zahlen.

Seite 57

									8
									3
									6
									1
									1
									2
									2
1	1	3	1	3	1	5	4	4	

Seite 58

David Monroe zahlte jeweils 1000 Dollar mehr zurück als das vorige Mal, machte dann aber das Dreifache des zurückbezahlten Betrags Schulden.

1. 17 000 Dollar
2. 15 000 Dollar (2000 Dollar zurückbezahlt)
3. 21 000 Dollar (3 x 2000 = 6000 Dollar mehr Schulden)
4. 18 000 Dollar (3000 Dollar zurückbezahlt)
5. 27 000 Dollar (3 x 3000 = 9000 Dollar mehr Schulden)
6. 23 000 Dollar (4000 Dollar zurückbezahlt)
7. 35 000 Dollar (3 x 4000 = 12 000 Dollar mehr Schulden)
8. 30 000 Dollar (5000 Dollar zurückbezahlt)

Seite 59

1	0	1	1	0
0	1	0	1	1
1	0	1	0	1
1	1	0	1	0
0	1	1	0	1

Seite 60

3				5	
	7				
				5	
			5		

Charlie Chan

Seite 64/65

1. B) Sidney Toler spielte Charlie Chan in 22 Filmen von 1938 bis 1946.

2. A) Charlie Chan ist eine von Earl Derr Biggers erfundene Detektivfigur.

3. C) Der erste von 16 Filmen mit Warner Oland erschien 1931.

4. D) Im Film „Charlie Chan im Zirkus" von 1936 ist zu sehen, dass die Chan-Familie aus Vater Charlie, seiner Frau und zwölf Kindern besteht.

5. C) Charlie Chan ist Polizeidetektiv in Honolulu, der Hauptstadt des US-Bundesstaats Hawaii.

6. D) Charlie Chans ältester Sohn heißt Lee, dargestellt von Keye Luke. Er nennt ihn schlicht „Sohn Nummer 1".

7. C) Das Zitat „Der Verstand ist wie ein Fallschirm – er funktioniert nur geöffnet" („Mind like parachute – only function when open") entstammt dem Film „Charlie Chan im Zirkus" von 1936.

8. A) Peter Ustinov spielte Charlie Chan in „Charlie Chan und der Fluch der Drachenkönigin" aus dem Jahr 1981. Der Film bietet eher Klamauk und Kalauer.

9. D) Hauptdarsteller Warner Oland starb während der Produktion von „Charlie Chan at the Ringside". Die Story wurde daraufhin für einen Film mit dem japanischen Detektiv Mr. Moto umgeschrieben und mit Peter Lorre verfilmt.

10. C) In „Charlie Chan in der Oper" aus dem Jahr 1936 spielt Boris Karloff als Opernsänger eine der Hauptrollen.

Seite 66/67

Nummer des Sohnes	5	2	4	7
Lieblingsessen	Steak	Gebratene Nudeln	Pizza	Pekingente
Lieblingsfach	Sport	Mathe	Geografie	Musik

Seite 67

Lösung A ist korrekt. Das Messer wird abwechselnd um 40 Grad gegen den Uhrzeigersinn und dann um 60 Grad im Uhrzeigersinn gedreht. Die Drehung bei B und C wäre deutlich weiter.

Seite 68

Waren Sie auf der richtigen Spur? In dieser Reihe wird der jeweils folgende Fußabdruck hinzuaddiert: Ein linker Fußabdruck steht für eine 1, ein rechter für eine 2.

Seite 69

Richtig, es ist ein Knopf!

Seite 70

Die Mutter ist heute 40 Jahre alt, Benjamin 20. Vor zehn Jahren war sie 30, Benjamin 10 Jahre – sie war also dreimal älter. Andrew ist drei Jahre älter als Benjamin, also 23.

Seite 71

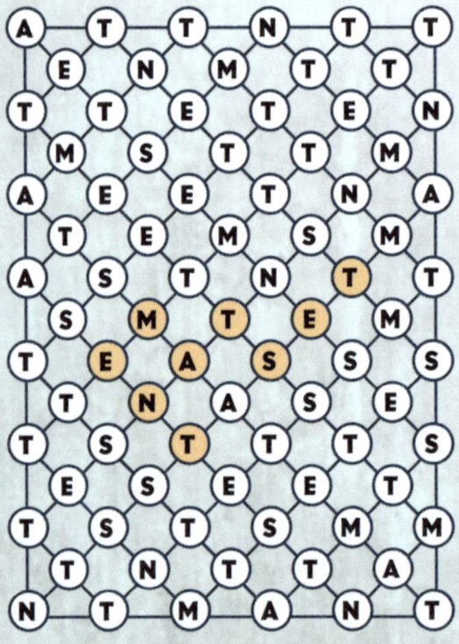

Seite 72

Lösung C ist richtig. Kreise und Quadrate wiegen gleich viel. Ein Dreieck bringt hingegen doppelt so viel Gewicht auf die Waage wie ein Kreis oder Quadrat.

Seite 73

86 417 235 US-Dollar – ein stolzes Sümmchen, für das es sich schon lohnen kann, einen Meuchelmord zu begehen!

5	1	4	2	3	8	7	6
7	3	5	8	4	6	1	2
8	6	4	1	7	2	3	5
20	10	13	11	14	16	11	13

Seite 74

Fingerabdruck A ist anders als die andern.

Maigret

Seite 78

1. C) Der Autor der Maigret-Romane, Georges Simenon, wurde 1903 in Lüttich in Belgien geboren.

2. B) Kommissar Maigret arbeitet hauptsächlich in Paris.

3. C) Maigret raucht, wie sein Schöpfer Simenon, gern Pfeife, wobei sie sogar einer Erzählung ihren Namen gab: „Maigrets Pfeife“.

4. D) Maigrets Vorname ist Jules.

5. B) Zwischen 1958 und 1963 spielte Jean Gabin die Hauptrolle in den drei Maigret-Filmen „Kommissar Maigret stellt eine Falle“ („Maigret tend un piège“, 1958), „Maigret kennt kein Erbarmen“ („Maigret et l’affaire Saint-Fiacre“, 1959) und „Kommissar Maigret sieht rot“ („Maigret voit rouge“, 1963).

6. A) Die BBC-Serie „Kommissar Maigret“ mit Rupert Davies in der Hauptrolle entwickelte sich sowohl in England als auch in Deutschland zum Straßenfeger und prägte das Bild des Kommissars in diesen Ländern.

Seite 79

Gemeint ist Montmartre, das 18. Arrondissement von Paris. Benannt wurde der Stadtbezirk nach dem Montmartre, dem 130 Meter hohen „Märtyrerhügel“ im Norden von Paris.

Seite 80

Es gibt vierzehn Gleichungen, die den Anforderungen der Aufgabe entsprechen:

A + K = L (1 + 11 = 12)
B + J = L (2 + 10 = 12)
C + I = L (3 + 9 = 12)
D + H = L (4 + 8 = 12)
E + G = L (5 + 7 = 12)
A + B + I = L (1 + 2 + 9 = 12)
A + C + H = L (1 + 3 + 8 = 12)
A + D + G = L (1 + 4 + 7 = 12)
A + E + F = L (1 + 5 + 6 = 12)
B + C + G = L (2 + 3 + 7 = 12)
B + D + F = L (2 + 4 + 6 = 12)
C + D + E = L (3 + 4 + 5 = 12)
A + B + C + F = L (1 + 2 + 3 + 6 = 12)
A + B + D + E = L (1 + 2 + 4 + 5 = 12)

Seite 81

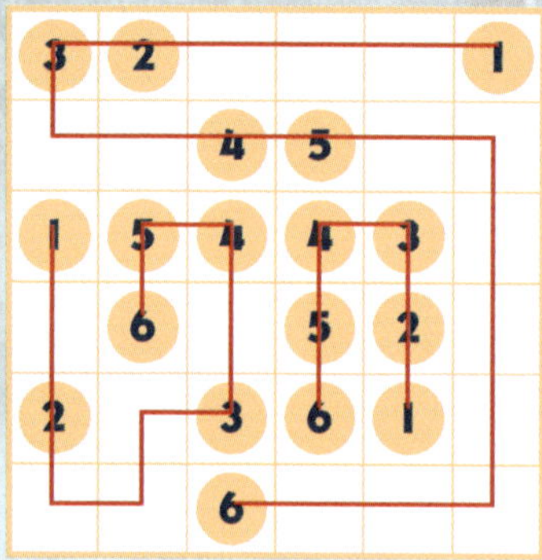

Seite 82

L	C	U	L	C	U
U	L	C	U	L	C
C	U	L	C	U	L
L	C	U	L	C	U
U	L	C	U	L	C
C	U	L	C	U	L

Seite 83

Jean-Pierre Gauthier starb um 2.32 Uhr. 103 Minuten vor 4.07 Uhr war es 2.24 Uhr. Dies war acht Minuten vor dem Mord. Der Mord ist also um 2.32 Uhr passiert.

Seite 84

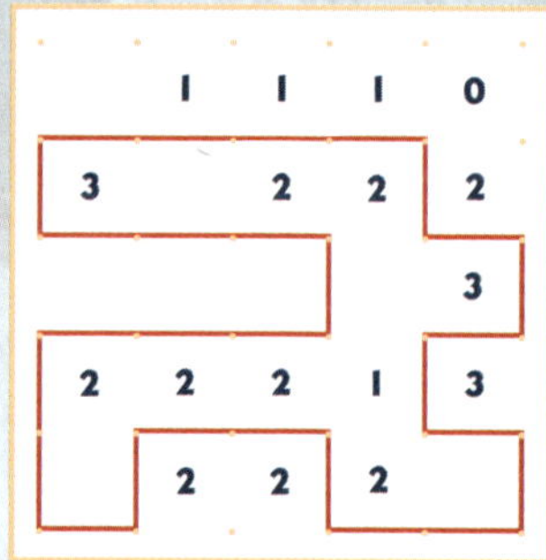

Seite 85

Der Papagei spricht LECLERC neunzehnmal auf korrekte Weise aus:

LELCREC**LECLERC**CRECLECLELCRECRECLECL**LECLERCLECLERC**CRECLEC
LERLCEL**LECLERC**CLERECLRECLECLLELCRECCRECLEC**LECLERCLECLERC**
LECLERCCLERECL**LECLERC**CRECLECLERLCELRECLECL**LECLERCLECLERC**
CLERECL**LECLERC**LELCRECRECLECLCRECLEC**LECLERC**RECLECLLERLCE
LCRECLECCLERECL**LECLERC**CLERECLLELCREC**LECLERC**CRECLECCLERE
CLLERLCEL**LECLERC**CLERECLLELCRECCRECLECLERLCEL**LECLERCLECLER**
CRECLECL**LECLERC**LELCREC**LECLERC**LELCRECRECLECLCRECLECLELCREC

Seite 86

Konnten Sie die Aufgabe ohne viel Federlesens bewältigen? Die markierte Feder ist im Vergleich mit den anderen gespiegelt.

Pater Brown

Seite 90/91

1. C) Pater Brown (im englischen Original Father Brown) ist eine literarische Figur, die von Gilbert Keith Chesterton erfunden wurde.

2. D) Die meisten der Geschichten spielen in England, einige aber auch in anderen Ländern: Frankreich, Deutschland, Italien, USA, Mexiko, Südamerika.

3. C) Als Beichtvater und Seelsorger kennt er die Verstrickungen der Menschen. In einem Verbrecher sieht er in erster Linie einen sündigen Menschen, in den er sich einfühlen kann und für den er Verständnis aufbringt.

4. C) Der Trickdieb und Meisterverbrecher Hercule Flambeau wird von Pater Brown bekehrt. Er wird zum einzigen Freund Browns, der ihn fortan als dienender Helfer unterstützt.

5. D) Pater Brown hat eine tiefe Empathie und ein Verständnis für die menschliche Natur.

6. C) Als Geistlicher ist Pater Brown weniger daran interessiert, Verbrecher der irdischen Gerechtigkeit auszuliefern. Stattdessen will er sie zu Gott führen; eine freiwillige Beichte des Täters genügt ihm.

7. A) Der Film mit Alec Guinness gilt gemeinhin als die gelungenste der zahlreichen Verfilmungen.

8. D) Heinz Rühmann spielte die Rolle des Pater Brown in „Das schwarze Schaf" (1960), „Er kann's nicht lassen" (1962) und „Die Abenteuer des Kardinal Brown" (1968).

9. A) Insgesamt wurden 13 Episoden der britischen Fernsehserie „Father Brown" mit Kenneth More produziert.

10. B) Mark Williams spielt Pater Brown in der TV-Serie der BBC, die ab 2013 ausgestrahlt wurde.

Seite 92

Nach nur zehn Faltungen wäre der Brief 102,4 Zentimeter dick – über einen Meter. Das Papier ist wie gesagt einen Millimeter dick, also 0,1 Zentimeter. Nun erfolgen die zehn Faltungen: 1. 0,2 cm, 2. 0,4 cm, 3. 0,8 cm, 4. 1,6 cm, 5. 3,2 cm, 6. 6,4 cm, 7. 12,8 cm, 8. 25,6 cm, 9. 51,2 cm, 10. 102,4 cm.

Seite 93

Lady Catherine trinkt eine Tasse Tee, Pater Brown zwei, Lady Elizabeth drei und Sir George vier.

Seite 94

Tragen Sie in das dritte Kreuz die Zahlen 5 und 6 sowie deren Quadratzahlen 25 und 36 ein.

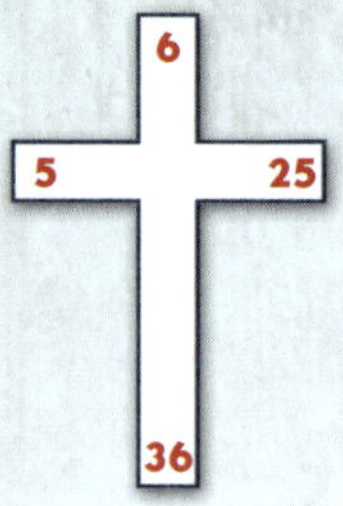

Seite 95

Neun Lampen werden benötigt.

●		0			●
	●		1	●	
1	2	●		1	
●				1	
	1			●	
	●	2	●		0

Seite 96

	8	9	14	23	6
17	7	3	9	7	1
9	7	2	1	8	5
20	2	9	4	7	2
5	9	8	1	4	5
9	8	1	3	1	7

Seite 97

„Der zweite ist keins" – streichen Sie jeden zweiten Buchstaben, um das Lösungswort zu erhalten:

VERWIRRUNG

Seite 98

Seite 99

Der griechischen Athene entspricht die römische Minerva.

Seite 100

D – B – C – E – A
CARPE DIEM – nutze den Tag!

Inspektor Clouseau

Seite 104/105

1. A) Jacques Clouseau war ursprünglich eine tragikomische Nebenfigur im Film „Der rosarote Panther" (1963), die später zur Hauptfigur der Pink-Panther-Reihe wurde.

2. D) Bis 1978 wurden fünf Filme mit Peter Sellers als Clouseau gedreht. Für „Der rosarote Panther wird gejagt" („Trail of the Pink Panther", 1982) wurden die Szenen mit Peter Sellers aus Archiv-Material erstellt.

3. C) Blake Edwards war der Regisseur bei acht Filmen der Pink-Panther-Reihe.

4. B) Inspektor Clouseaus Vorgesetzter in den Filmen heißt Inspektor Dreyfus. Clouseaus Methoden bei der Aufklärung der Fälle bringen seinen Vorgesetzten regelmäßig an den Rand eines Nervenzusammenbruchs.

5. D) Fast immer, wenn Clouseau nach Hause kommt, wird er von seinem Diener und Kampftrainingspartner Cato, gespielt von Burt Kwouk, angegriffen.

6. C) Weltberühmt wurde die Titelmelodie „The Pink Panther Theme", die Henry Mancini komponierte und mit seinem Orchester einspielte.

7. A) Inspektor Clouseau jagt den Meisterdieb „Das Phantom". Dieser hat es auf einen riesigen Diamanten, den „Rosaroten Panther", abgesehen.

8. C) Der Film spielt zu Beginn im Wintersportort Cortina d'Ampezzo, später in einer hoheitlichen Villa in Rom.

9. D) 1993 wurde der letzte Film unter der Regie von Blake Edwards gedreht, in dem Roberto Benigni Jacques Gambrelli, den Sohn von Jacques Clouseau, spielt.

10. A) Inspektor Clouseau wird von Steve Martin dargestellt. Jean Reno spielt seinen Begleiter, den Gendarmen Gilbert Ponton. Kevin Kline beziehungsweise John Cleese übernahmen die Rolle des Vorgesetzten Polizeioberinspektor Dreyfus.

Seite 106

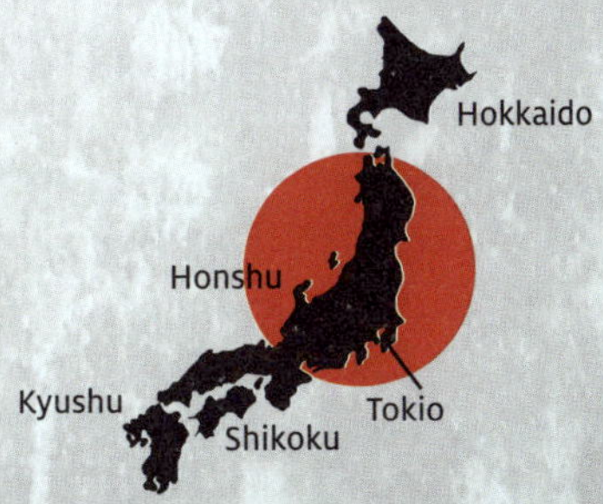

Seite 107

Koffer D gehört Inspektor Clouseau. Nur er enthält vollständig alle Buchstaben des Namens.

Seite 108

Die Zahl am Griff wird jeweils durch die Zahl an der Klingenspitze geteilt, um als Ergebnis den Quotienten an der Klingenseite zu erhalten:
132 : 12 = 11; 364 : 26 = 14;
110 : 11 = 10.

Seite 109

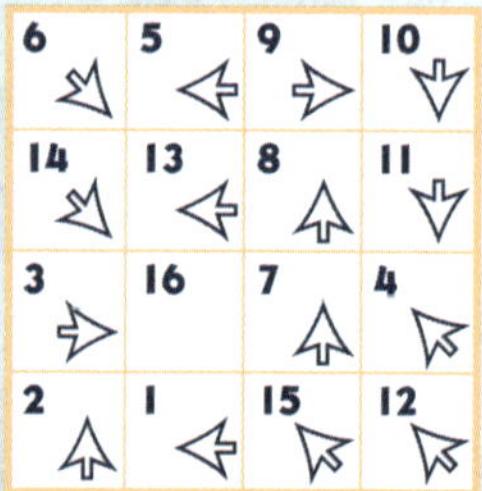

Seite 110

Position	1	2	3	4
Name	Akira	Taro	Momo	Hiroshi
Alter	21	23	27	25
Japanische Kunst	Origami	Bonsai	Shodo	Ikebana

Seite 111

Seite 112

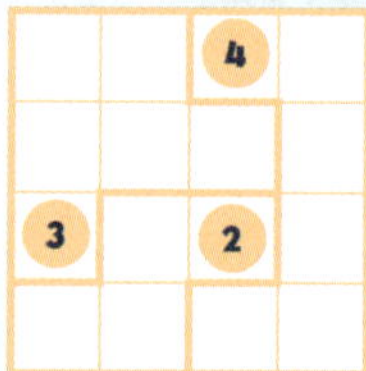

Seite 113

Korrekt ist Lösung D.

Seite 114

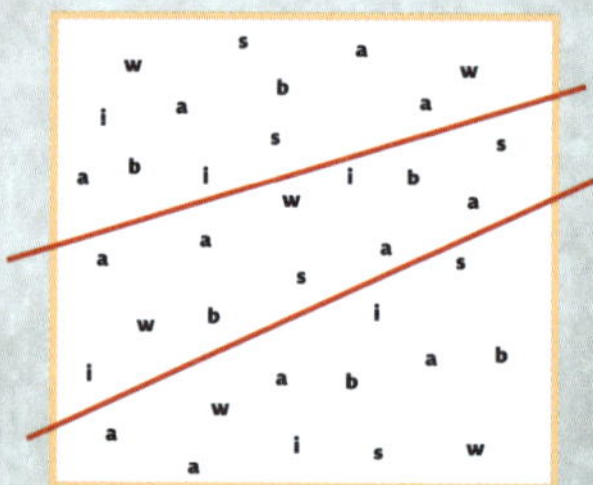

Modesty Blaise

Seite 118

1. C) Peter O'Donnell ist der Autor von Modesty Blaise. Er schuf die Charaktere und schrieb sowohl die Comicstrip-Serie als auch die Romane.

2. A) Modesty Blaise war ursprünglich ein Waisenkind und eine Diebin. Sie lebte in vielen Ländern und lernte verschiedene Fähigkeiten, bevor sie eine Geheimagentin wurde.

3. D) Die internationale Organisation „Das Netz", die Modesty Blaise leitete, war eine Gruppe von Profis, die mit Kriminalität aller Art, mit Ausnahme von Drogen- und Mädchenhandel, schnell reich wurde.

4. C) Modesty Blaise lebt größtenteils in ihrem luxuriösen Penthouse in London.

5. C) Der erste Comicstrip mit Modesty Blaise wurde am 13. Mai 1963 im „Evening Standard" veröffentlicht und wurde als „La Machine" bekannt, obwohl er ursprünglich gar keinen Titel hatte. Die Strips wurden ohne Unterbrechung bis 2001 gedruckt, zeitweise in bis zu 42 Ländern rund um den Erdball.

6. C) John Travolta liest in seiner Rolle als Vincent Vega eines der Modesty-Blaise-Bücher auf der Toilette.

Seite 119

In jeder Gruppe aus vier Buchstaben werden die Buchstaben 1, 2 und 4 gestrichen, nur Buchstabe 3 wird gelesen.

EWTINERQMKIORUFCYIFA
AGMÉVMIHEWCGUIHR PUIMERMJ
JACUERABQTFNMNÉY
PRZDREOVAIDKUWIDMJAEEBCÉ.
LMLUIPENMGBRQUEWYHNF
DEORXIDMYKETJIRA UFTUPRONCEDZ.
HYJNBEOKLVNAERAUIWTRÉSHUHGAMKENL.

Triff mich im Café Zodiac. Leben oder Tod. Jonathan.

Seite 120

Widder	**Aries**
Stier	**Taurus**
Zwillinge	**Gemini**
Krebs	**Cancer**
Löwe	**Leo**
Jungfrau	**Virgo**
Waage	**Libra**
Skorpion	**Scorpio**
Schütze	**Sagittarius**
Steinbock	**Capricornus**
Wassermann	**Aquarius**
Fische	**Pisces**

Seite 121

	✶	✶	●	●	○
○		●	○	✶	
●		✶		●	○
○	●	○			✶
●	✶		●	○	
✶	○		✶		●

Seite 122

Sie rechnen abwechselnd minus 7 und mal 3 – und zwar von oben nach unten.

Seite 123

Seite 124

Eine Jungfrau wiegt so viel wie fünf Schützen.

Jungfrau + Schütze = Stier
Jungfrau = Schütze + Steinbock
3 × Steinbock = 2 × Stier

⇒

Stier = Steinbock + 2 × Schütze
Steinbock = 4 × Schütze

⇒

Jungfrau = Schütze + 4 × Schütze = 5 × Schütze

Seite 125

	0	1	3	0	5	7
0	3	2			4	1
1	2	4	3		1	
2	1	3		2		4
0			4	1	2	3
10		1	2	4	3	
4	4		1	3		2

Seite 126

♓ = 2

♈ = 3

♌ = 5

♑ = 7

♍ = 9

97 − 75 = 22
77 − 55 = 22
3 × 25 = 75

Lord Peter Wimsey

Seite 130

1. B) Lord Peter Wimsey ist eine literarische Figur der englischen Kriminalschriftstellerin Dorothy Leigh Sayers. Er ist der Protagonist in elf Romanen und einer Anzahl von Kurzgeschichten.

2. B) Der erste Roman mit Lord Peter Wimsey – „Whose Body?“ (deutsche Ausgabe: „Der Tote in der Badewanne“) – erschien im Jahr 1923.

3. C) Seine Frau Harriet Deborah Vane ist eine Kriminalautorin, die ihn bei seiner Detektivarbeit begleitet und unterstützt. Sie haben drei Söhne: Bredon, Paul und Roger.

4. B) Lord Peter Wimsey besuchte das Eton College und war dort ein herausragender Kricketspieler.

5. D) Lord Peter Wimsey pflegt einen sportlichen Fahrstil und besitzt einen leistungsstarken Daimler (zum Beispiel einen Doppelsechszylinder von 1927).

6. B) Fünf Geschichten wurden zwischen 1972 und 1975 als 21-teilige Fernsehserie verfilmt. Ian Carmichael spielte darin die Titelrolle. 1987 wurden drei weitere Geschichten verfilmt, in denen Edward Petherbridge die Rolle des Lord Peter Wimsey übernahm.

7. A) Von den Erben von Dorothy L. Sayers wurde Jill Paton Walsh ausgewählt, um den letzten Kriminalroman fertigzustellen. Später veröffentlichte sie noch drei weitere Romane um Lord Peter und Harriet Vane.

Seite 131

N	A	R	O	M	H
H	O	M	N	A	R
A	N	O	R	H	M
M	R	H	A	O	N
O	M	N	H	R	A
R	H	A	M	N	O

Seite 132

Jeweils zwei Ziffern der weißen Tasten ergeben eine zweistellige Zahl. Die schwarzen Tasten zeigen die Quersumme der zweistelligen Zahl darunter. Bei den beiden leeren Tasten lauten die zweistelligen Zahlen 14 und 45, die Quersummen sind also 1 + 4 = 5 sowie 4 + 5 = 9.

Seite 133

zehn + drei + sieben + acht + vier = 32

Seite 134

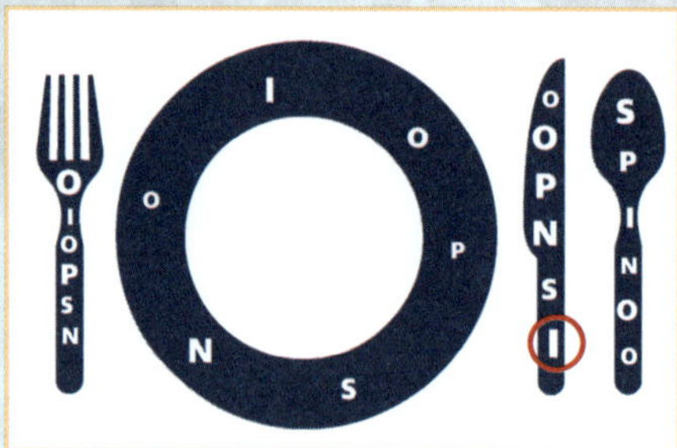

Seite 135

Lucy spielt Cello.

Seite 136

Es sind 56 Bettwanzen.

Seite 137

Seite 138

Um den Namen Samuel zu bilden, fehlen noch die Buchstaben E (fünfte Position im lateinischen Alphabet) sowie L (zwölfte Position im lateinischen Alphabet).